오늘 밤은 굶고 자야지

오늘 밤은 굶고 자야지

박상영 에세이

한겨레출판

차례

01

출근보다 싫은 것은 세상에 없다

*

새벽같이 일어나 에스프레소 더블 샷을 내려 마시고, 간단히 오믈렛을 해 먹는다. 아침의 달뜬 기분을 잃기 전에 두 시간 정도 원고 작업을 한 후, 목이나 어깨가 뻐근해질 때쯤 자리에서 일어난다. 통기성이 좋은 스포츠웨어로 갈아입고 현관 앞에 선다. 새로 산 러닝화가 발에 착 감긴다. 집 근처 호수에 도착한다. 조금 쌀쌀한 대신 미세먼지가 없어 조깅을 하기 좋은 날씨다. 발목 스트레칭을 한 후 달리기 시작한다. 호수를 두어 바퀴 돌고 나면 어느덧 두어 시간이 훌쩍 지나 있다. '러너스 하이'. 나는 터질 것 같은 호흡 속에서 비로소 살아 있음을 느낀다.

작가의 오전이라면 적어도 이런 모습이어야 하지 않나?

개뿔.

세상에 출근보다 더 싫은 게 존재할까? 다들 이런 생각을 하고 사는지 모르겠지만, 일단 내가 서른몇 해를 살아본 결과 이보다 더 싫은 건 없었다. 채근하듯 울려대는 알람을 끄면서 하루를 시작하면 욕부터 튀어나온다. 10년 전에 라식수술을 한 뒤로는 아침마다 눈을 뜨기 힘들 정도의 안구건조를 느끼기 때문에, 감은 눈으로 침대 옆 협탁을 더듬어 인공누액부터 찾아 넣는다. 텔레비전 교양 프로그램에 자주 나오는 피부과 전문의의 말에 따르면 한국 남성의 대부분은 지성 피부이며 자신이 지성인 걸 모르고 있을 뿐이라고 하던데, 아침에 내 피부를 보고도 그 말이 나오는지 묻고 싶을 정도로 나는 악건성이다. 각막과 입술을 포함한 온몸이 건조하고, 대부분의 건성인들이 그러하듯 종종 참을 수 없이 간지럽다. 빙하처럼 추운 욕실로 들어가 건조한 몸에 미지근한 물을 끼얹으며 나는 비로소 살아 있음을 느낀다. 살아 있음의 거지 같음을. 새로 산 보디로션의 점도가 높아서 그런지 걸을 때마다 다리에 바지가 달라붙는 것 같은 기분으로, 나는 등 한가운데의 정확히 어딘지는 알 수 없지만 간지러운 어떤 지점을 긁기 위해 노력하며 영하의 거리로 나선다.

우리 집에서 회사까지는 도어 투 도어 50분 내외의 시간이 소요되며 총 세 번의 환승을 거쳐야 한다. 이는 서울 시내 직장인의 평균에 매우 가깝다. 이미 만원인 채로 정류장에 멈춰 선 버스에 몸을 구겨 넣으며 나는 오늘 하루에 대한 기대를 저버린다. 내 인생에 대한 희망을 저버린 것과 같은 방식으로. 목 뒤에 닿는 모르는 사람의 입김과 어디선가 풍겨 오는 썩은 내. 나는 양치질과 샤워, 빨래를 제대로 하지 않는 사람을 사살할 수 있는 살인면허가 발급됐으면 좋겠다는 생각을 한다. 그러면서도 쉬이 고개를 들거나 신경질이 가득한 표정으로 주변을 둘러볼 엄두를 내지는 못한다. 냄새의 출처를 추적하는 또 다른 누군가와 눈이 마주칠지도 모른다는 생각이 들고, 그가 아주 높은 확률로 이 공간에서 가장 덩치가 큰—즉 도리 없이 뚱뚱한—남자인 나를 범인으로 지목할 것만 같아서다. 높은 확률로 적중하는 피해의식. 있잖아요. 당신, 날 왜 그렇게 봐? 저 매일 아침 샤워하고요, 데오도런트에 향수까지 뿌리고 다니거든요. 일주일에 한 번은 세탁기도 돌리고, 수건에서 걸레 냄새 나는 게 죽기보다 싫어서 없는 살림에 건조기까지 장만했거든요. 그러니까 그렇게 보실 필요 없거든요?

돼다, 됐어.

그렇게 회사에 도착한 것이 8시 40분 무렵. 나는 곧장 사무실로 올라가는 대신 회사 건물 1층의 프랜차이즈 커피숍에 들른다. 주문은 언제나 아이스 아메리카노. 1월부터 12월까지 변화는 없다. 속에서 천불이 나는 듯한 열기를 느끼게 된 것이 언제부터였을까. 만성위염과 역류성식도염을 진단받은 지 3년이 넘었는데도 불구하고 나는 아침에 아이스커피 한 잔을 마시는 습관을 도저히 끊을 수가 없다. 5만 명쯤 앉았다 일어난 것 같은 소파에 기대앉아 한숨을 내쉬며 홀짝이는 커피. 언제나 부족한 나의 수면을 대체해줄 생명의 포션. 한숨 돌렸다 싶으면 시곗바늘은 어느덧 8시 55분. 나는 반쯤 남은 커피를 한 손에 든 채 부랴부랴 사무실로 가는 엘리베이터에 올라선다.

이미 대부분의 팀원이 출근을 한 상태이므로, 나는 최대한 소리가 나지 않게 가방을 내려놓고, 데스크톱 전원을 누른다. 그리고 조용히, 정말 개미조차 들을 수 없을 만큼 작은 소리로, 책상 서랍에서 칫솔과 치약 세트를 꺼내 치약을 짠다. 누구보다도 당당한 자세로, 그러나 구두 굽 소리만은 나지 않게 사뿐사뿐 화장실로 향하는데, 맞은편 자리에 앉은 (만년 대리인) 오가 나를 불러 세운다.

"저기 박 대리, 내가 그전에도 말했던 거 같은데."

"네?"

"출근 시간이 9시까지라는 건 9시까지 도착하라는

게 아니라, 15분 정도 일찍 와서 9시까지 업무 준비를 마치라는 의미라고."

나는 빙긋 웃으며 아무 대답도 하지 않는다. 그럼 근로계약서에 출근 시간을 '8시 45분'이라고 적어놓으시든가요. 나는 다시 자리에 엉거주춤하게 앉아, 사내 메신저에 로그인을 하며 일하는 척을 한다. 치약을 묻혀놓은 칫솔은 책상에 올려놓은 채로.

"역시 기대를 저버리지 않네, 마이클."

마이클은 미국인처럼 — 시간에 딱 맞춰 출퇴근을 하며 높은 직급의 사람들에게 그다지 고분고분하지 않은 태도로 — 회사에 다닌다는 의미에서 최 차장이 내게 붙여준 별명이다. 누가 봐도 비난의 의도가 명징한 멸칭이지만, 뭐, 그들이 나를 뭐로 부르든 상관없다. 마이클이 아니라 마이클 할아버지라고 부른다고 한들 나로서는 알 바 아니다. 다만, 별명을 붙일 정도로 나를 친근한 사람으로 인식해 자신들의 사교 활동에 동참하기를 슬쩍 강요할까 봐 긴장의 끈을 놓지 않는 중이다. 가만히 양치질을 하러 갈 타이밍을 보는데, 팀장이 말을 얹는다.

"아냐, 상영 씨 저번에 보니까 회사 앞 카페에 새벽같이 와서 커피 마시고 있던데?"

아니, 그건 또 어떻게 알았대. 하여튼 나이가 많은 사람들은 아래 직급 사람들이 그놈의 커피를 마시는 꼴을 참지 못한다. 그의 말이 맞다. 마감을 할 때의 나는 매일 새벽 5시에 일어나 회사 근처의 카페에 각을 잡고 앉아 출근 시간까지 글을 쓰곤 한다.

아무도 궁금해하지 않을 비밀 하나.

나는 2016년에 등단해 책까지 낸 소설가다. 9시부터 6시까지 근무하는 사무직 회사원으로 일하는 동시에, 나머지 자투리 시간을 짜내고 짜내 글을 쓰는 '투잡' 노동자이기도 하다. 사무실 사람 대부분은 내가 이런 삶을 살고 있는 것을, 아니 작가인 것조차 알지 못한다. 알지 못해야만 한다. 뭐 대단한 이유 때문은 아니다. 내가 쓰는 소설에 자이툰 부대에서 섹스를 하는 동성애자들, 인스타그램에 빠져 사는 관종, 죽도록 바람을 피우는 연인들, 불법 촬영물의 피해자, 자해를 하는 아이가 등장하기 때문에? 사실 그런 건 중요하지 않다. 어차피 내가 작가라고 해봤자 굳이 내 책을 사볼 사람이, 아니, 자기 돈을 주고 소설책을 사볼 만한 사람이 우리 회사에는 존재하지 않으니까. 그럼에도 불구하고 회사 사람들에게 나에 대해 단 하나라도 더 알 수 있는 정보를 주고 싶지는 않다. 이런 나의 바람이 가닿기라도 한 듯, 사무실에서의 나는 그저 털 난 정물이나 다름없다. 국문과 대학원을 나온 살찐 박 대리로 통할 뿐이다.

"박 대리 그렇게 일찍 와서 뭐 해? 설마, 운동?"

팀장의 물음에 최 차장과 오 대리가 동시에 크게 웃는다. 나도 아무렇지 않은 척 따라 웃는다. 웃으며 조용히 칫솔을 들고 사무실 밖으로 나온다. 그리고 화장실로 최대한 신속하게 들어가 입안에 텁텁하게 껴 있는 백태와 커피 찌든 때를 닦아낸다. 거울 앞에 선 남자의 얼굴은 잔뜩 부어 있고, 볼살이 늘어져 심보가 고약해 보인다(형상은 본질을 반영한다). 칫솔을 쥐고 있는 손은 사람 손인지 짐승 손인지, 쓰다 만 지우개인지 분간이 안 될 정도로 뭉툭하며, 셔츠 단추는 당장이라도 터질 것 같다. 그마저도 인터넷 큰 옷 전문 사이트에서 1+1 떨이 행사 때 남은 제품을 구매한 거라 한눈에 보기에도 구식 디자인이지만, 괜찮아. 이건 작업복이니까 심미적인 욕구까지 충족할 필요는 없다고. 그런데 왜 당장이라도 거울을 깨버리고 싶은 걸까. 견딜 수 없다. 도저히 견딜 수 없다는 마음을 안고 하나도 중요하지도, 쓸모 있지도 않은 일들을 처리하며, 가끔은 몰래 메신저를 하며 오전 시간을 보내고 나면 12시 종이 울린다. 팀원들이 지갑과 핸드폰을 주머니에 쑤셔 넣을 때도, 나는 자리에 가만히 앉아 있다. 팀장이 나를 흘끗 보며 말한다.

"박 대리는 오늘도 혼자 먹어?"

"네."

"도시락을 싸 다니는 건가?"

백 번은 더 물었던 질문을 또 하고 앉아 있다. 아마도 함께 밥을 먹지 않고 팀에서 겉도는 내게 대놓고 눈치를 주는 것이겠지. 나는 팀장의 면박 따위는 하나도 눈치채지 못한 사람처럼, 누구보다도 순수한 표정으로 "점심 맛있게 드세요"라고 대답한다.

비로소 찾아온 정적. 사무실에 나 혼자 남았다. 사람들이 모두 떠난 사무실은 고래 배 속처럼 고요하다. 나는 마치 대단한 죄라도 짓는 것처럼, 행여 누가 볼까 봐 주변을 두리번대며 책상 서랍을 열고 단백질 파우더와 셰이커를 꺼낸다. 그리고 셰이커에 단백질 파우더를 담는다. 정수기로 가 셰이커에 물을 받아 정신없이 흔든다. 또 사무실 냉장고 안 검은 비닐봉지에 담겨 있는 오래된 냉동 고구마 하나를 꺼내 온다. 차가운 고구마를 씹으며 이따금 목이 막힐 때면 단백질 셰이크로 퍽퍽한 고구마를 넘겨 먹는다. 이것이 지난 2년 동안의 내 점심 식단이다. 그렇다. 나는 다이어트 중이다. 5000만인구 중 절반은 항상 다이어트를 하고 있음에도 불구하고 나는 왜 이토록 눈치를 보는가. 고백할 게 하나 더 있다. 지난겨울, 나는 대리로 진급했으며, 기어이 100킬로그램을 넘어섰다(둘의 연관관계는 명확히 알 수 없다). 몸무게가 세 자릿수를 찍은 뒤로는 아예 체중계에 올라가는 것을 포기했으므로 어쩌면 지금은 더 나갈 수도 있다. 왼쪽 무릎의 통증이며, 계단 한 층만 올라가도 죽을 것처럼 뛰는 심장, 버스나 지하철의 의자가 비좁게 느껴지는 것은 시작에 불과했고, 심지어는 시중 브랜드에서 살 수 있는 옷이 거의 없어졌다. 아침은 아메리카노 한 잔, 점심은 단백질 셰이크에 고구마 한두 개인 사람이 어떻게 이런 몸무게를 가질 수 있는지 나로서도 미스터리다.

거짓말이다.

내가 왜 이런 몸무게를 가지게 되었는지는 내가 가장 잘 알고 있다. 앞서 고백한 나의 만성질환(위염과 역류성식도염, 안구건조증) 외에도 내가 앓고 있는 고질병이 하나 더 있다. 그것은 바로 '야간 식이 증후군'. 이미 온 국민에게 상식 차원의 병이 되어버린 지 오래인 야간 식이 증후군은, 나의 생활 리듬을 설명해주는 가장 명료한 단어다. 퇴근을 한 뒤 서너 시간 남짓 회사 근처의 카페에서 글을 쓰고 집에 돌아오면 자정이 다 된 시간. 씻고 침대에 누우면 참을 수 없을 정도의 허기가 몰려온다. 자제해야지, 오늘 밤은 기필코 굶고 자야지, 마음먹어본다. 하지만 애써 눈을 감아도 허한 느낌 때문에 도저히 잠이 오지 않는다. 허기를 달래줄 간단한 견과류나 따뜻한 우유 혹은 삶은 달걀을 섭취하면 된다고? 나라고 안 해봤겠는가. 아몬드 열 주먹을 입안에 쑤셔 넣는다고 한들 산불처럼 번지는 이 허기를 해소할 수는 없다. 결국 나는 핸드폰을 들어 배달 앱을 켜고 만다. 오늘의 메뉴는 순살 반반 치킨. 50분 뒤 내 방 안에 찾아드는 고소한 기름의 향. 고독하고도 따뜻한 인생의 맛. 도대체 내가 왜 웃고 있는지 알 수 없는 시시껄렁한 예능 프로그램을 보며 치킨 한 마리를 해치우면 비로소, 내가 그토록 바라던 잠이 오기 시작한다. 지금 바로 누우면 어김없이 위산이 역류할 거라는 사실을 너무 잘 알고 있지만, 쏟아지는 졸음을 참을 수는 없다. 지금 자지 않으면 내일 출근도 어림없을 테니까. 나는 기어이 침대에 눕고 만다. 내일 밤은 기필코 굶고 자야지, 생각하면서.

02

비만과 광기의 역사

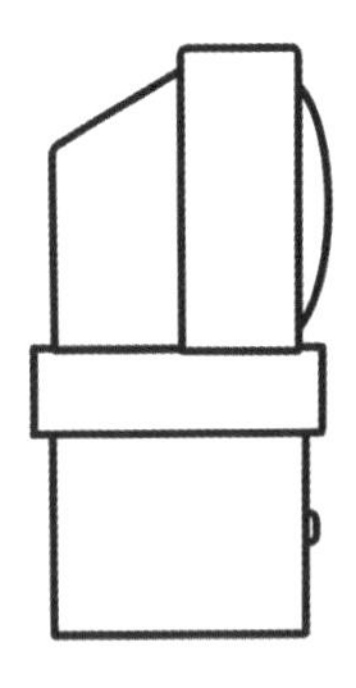

*

오늘도 나는 오후 6시가 되자마자 자리에서 일어났다. 그리고 속삭이듯 작게 말했다.

"먼저 가보겠습니다."

23년 차 팀장부터 7년 차 오 대리까지 아무도 퇴근하지 않았지만, 심지어 그 누구도 일어날 기미도 없었지만 괜찮다. 나는 계약된 시간 동안 계약된 돈을 받고 일하는 노동자니까. 심지어는 미국인처럼 근무한다고 '마이클'이라는 별명까지 얻었으니까. 우리 팀 사람들이 하도 나를 마이클이라고 불러서, 다른 팀 사람들 중에는 내가 정말 미국에서 온 재미교포이거나 최소한 미국에서 대학 정도는 나온 줄 아는 사람들도 있다. 차라리 그렇게 봐주는 게 속 편하다. 다들 점심도 회식도 같이하지 않는 나를 사회생활(의 정확한 사전적 정의가 뭔지는 모르겠지만 아무튼 그) 능력이 낙제점인 별종 말종

취급하고 있다는 것을 알고 있다. 여차하면 회사를 때려치우겠다고 마음먹은 뒤로는 모든 게 편해졌다. 아무렇지도 않다.

거짓말이다.

정말 사람들의 시선으로부터 초연한 사람이 이렇게 주절주절 많은 생각을 늘어놓을 리가 없지.

놀부 같은 생김새와는 어울리지 않게 실은 나는 조금 소심하고 남의 눈치를 많이 보는 성격이다. 단지 글쓰기가 본업이며 회사 일이 부업이라는 마음을 갖기로 했을 뿐이다. 결심은 결심일 뿐이고 성격은 또 성격이라, 눈치는 눈치대로 다 보면서도 기어이 내가 하고 싶은 대로 하고야 만다. 상상도 못 할 만큼의 내적 에너지를 써가며…. 6시 정각, 사무실 문 쪽으로 걸어가며 뒤통수가 간질간질하고, (어차피 운동화나 다름없는 푹신한 기능성 구두라 굽 소리 따위 나지 않음에도) 괜히 발소리를 죽이게 된다. 오래된 사무실 문은 너무 큰 마찰음을 내는 것 같다. 누군가 나를 불러 세우는 듯한 환청을 느끼며 문이 닫히기 무섭게 건물 밖으로 질주했다.

거리에 나설 때만 해도 오늘은 기필코 운동을 하겠다는 결연한 의지를 안고 있었다. 하지만 헬스장이 가까워져 오자 가방끈을 꽉 잡고 있던 손이 느슨해져갔다. 어제도 빠졌으니까 오늘은 꼭 가야 하는데. 근데 목 뒤가 왜 이렇게 뻐근하지? 허리는 또 어떻고. 오늘 업무가 좀 빡세긴 했어. 이렇게 경직되고 피로한 상태에서 운동을 하면 다칠 확률이 높다는 말을 어디선가 들은 것 같아. 효율이 떨어지고 근손실도 심할 게 분명해. 일주일은 7일이고 그중에서 딱 사흘, 사흘만 운동하면 되니까 오늘 정도는 제껴도 돼. 내일이 있잖아? 그렇고 말고.

나는 방향을 선회해 버스 정류장으로 향했다. 갑자기 가방이 가벼워진 것만 같고 아팠던 목도 가뿐했다. 괜히 기분이 좋아져 콧노래가 나왔다. 운동도 하지 않았으니까 오늘은 기필코 야식을 먹지 않겠다는 일념 하나로 퇴근 버스에 올라탔다.

당연히 버스는 만원이었다. 겹겹이 껴입은 옷에 땀이 배어드는 것만 같고, 숨을 못 쉬겠어. 아, 정말이지 사람이 싫다. 직장인들 중 타인을 진심으로 미워해보지 않았던 사람이 존재할까? 사람이 싫어 죽겠는데 왜 지금 배는 고프고 난리일까. 몇십 분 동안 만원 버스에서 시달리다 간신히 동네 정류장에 내렸다. 마을버스로 환승하면 집 앞까지 갈 수 있지만 또다시 사람들 틈에 낄 자신이 없어 그냥 걷기로 한다. 운동을 쉬었으니까 이 정도는 걸어줘야지. 핸드폰을 손에 쥐고 느릿느릿 집을 향해 걷는데 자꾸만 배달 앱이 눈에 밟혔다. 몇 번이나 지웠다가 새벽마다 다시 깔곤 했던… 나를 망치러 온 나의 구원자. 오늘 스트레스가 심했나. 퇴근 전에 단백질 셰이크까지 마셨으니 아무리 생각해도 더 이상의 칼로리 섭취는 제한되어야 마땅한데, 배가 고픈 것은 아닌데도 이상하게 내 몸은 자꾸만 허기를 느끼고 있었다. 좀 더 정확히는 마음이 공허하달까. 달력 앱을 켠 나는, 매일매일 적어놓는 (다짐이나 다름없는) 계획을 읽어 내려갔다.

"하루 칼로리 1300 이하로 제한. 근력 한 시간, 유산소 50분 이상. 원고 5매 이상 작업."

점심에는 허기를 이기지 못하고 짠 멸치국수를 먹어치워버렸고, 근력도 유산소도 하지 않았으니 오늘 하루도 다 망친 것이나 다름없군. 다른 모든 날처럼. 그래도… 괜찮다. 나는 이런 내가 익숙하니까.

계획적으로, 계획을 지키며 사는 삶이란 어떠할까. 다른 사람은 어떤지 모르겠지만 적어도 내 삶에서 계획대로 이뤄진 것은 아무것도 없었다. 태생적으로 게을러터진 나는 방학을 아주 사랑하면서도 괴로워하는 아이였다. 지긋지긋한 학교에 가지 않으니 좋기는 했지만, 해야 할 일이 아무것도 없는 상태에서 할 일을 만들고 계획에 따라 사는 데 탁월하리만치 소질이 없던 나는 언제나 소파에 누워 어영부영 텔레비전이나 보며 시간을 때우기 일쑤였다. 그렇게 공허한 하루를 보내고 잠들기 위해 누우면 천장이 내려앉는 기분이 들었다. 천장뿐만 아니라 하늘이, 세상이, 나아가 내가 견뎌야 하는 내일이, 나의 인생이 내 온몸을 통째로 짓누르는 것 같은 기분이었다. 심장이 빨리 뛰고 귀에서 고음의 사이렌 소리가 들리는 이명이 오기 시작하면, 나는 애써 그 소리를 무시한 채 차가워진 손을 주무르며 침대 맡에 앉아 새벽까지 책을 읽다 기절하듯 잠들곤 했다. 그렇게 잠을 설치고 난 다음 날은 어김없이 늦잠을 잤고, 또 소파에 피곤한 몸을 누인 채 좀비처럼 텔레비전을 보기 마련이었다. 그렇게 통째로 방학을 잠과의 투쟁으로 날리고 나면, 차라리 생활 리듬을 억지로라도 만들어주는 학교가 낫다는 생각이 들기도 했다.

이런 나의 증상이 조금은 특별한 병증이라는 것을 알게 된 것은 고등학교 3학년 무렵이었다. 당시 대한민국의 다른 모든 입시생(이를테면 드라마 〈스카이캐슬〉의 예서)처럼 한계를 뛰어넘는 압박과 스트레스에 시달렸던 나는 점점 더 증상이 심해졌는데, 특히 수시 입학시험에서 그 정점을 찍어버렸다. 나 때만 해도 수시 1학기 제도가 남아 있었고, 지원 대학 개수에도 제한이 없었다. 답답한 고향과 입시 지옥에서 하루라도 빨리 탈출하고 싶었던 나는 서울 시내에 존재하는 거의 모든 대학에 원서를 냈고, 그 모든 대학의 대학별 고사를 치르러 갔었다. 문제는 시험 전날이면 단 한숨도 자지 못한 채 밤새 이명에 시달리거나, 얕게 잠들었다 악몽을 꾸며 30분 만에 깨어나곤 했던 것이다. 입학시험이 몰린 주에는 일주일 동안 연속극처럼 이어지는 꿈을 꾼 적도 있었다(흰옷을 입은 사람이 도끼를 들고 나를 쫓아오고 나는 전 세계를 끊임없이 달리고, 달리고 또 달리고…). 친구들 중 몇몇 예민한 아이들은 잠을 설치기도 했으나, 나처럼 지속적으로 모든 시험마다 어김없이 불면과 이명과 심장 통증에 시달리는 사람은 없었다. 이대로는 도저히 안 될 것 같아 나는 부모님에게 SOS를 쳤고, 결국 그들의 손에 이끌려 대학병원에 가게 됐다. 심장내과와 신경외과를 거쳐 내가 최종으로 가게 된 곳은 정신건강의학과(당시 정신과). 몇 번의 심리검사와 혈액검사, 심전도검사 끝에 아이비리그 대학에서 박사학위를 받았다는 전문의가 내게 붙여준 진단명은 양극성장애와 그로 인해 촉발되는 공황발작. 전문의의 호출로 부모님이 병원을 찾았고, 우리 세 가족 모두가 약물치료를 동반한 상담치료를 받아야 한다는 결론이 내려졌다. 부모님은 자신들과 나의 치료를 거부했다. 정신과 진료기록이 남으면 향후 인생에 좋을 게 없다는 50년대생다운 (무지에 기반한) 편견과 더불어, 지난 인생 동안 지속해온 사고의 구조를 바꾸고 싶지 않다는, 그러니까 자신들의 인생에 산재한 문제를 직면하고 싶지 않다는 의지가 섞인 선택이었(을 것이)다. 그들이 일방적으로 치료를 포기하기로 결정했던 그날 밤, 내 몸을 짓누르는 천장의 무게는 그 어느 때보다도 무거웠다.

넓은 세상, 긴 인생 속, 완벽히 홀로 남겨진 기분.

얼마 후, 나는 자력으로 내 증상을 이겨낼 치료제를 찾았다. 박스 과자와 파인트 사이즈의 아이스크림. 내게도 위안거리가 필요했으니까, 이 정도는 괜찮다고 생각했다. 술도 담배도 아니고, 주전부리일 뿐이잖아. 그 무렵부터 나는 집에 들어오기 무섭게 〈프렌즈〉나 〈섹스 앤 더 시티〉 같은 미국 시트콤을 틀어놓고 집 안에 쌓아둔 과자들을 먹는 습관을 들였다. 그 순간은 하루 중 유일하게 내 마음이 쉴 수 있는 시간이었다. 물론, 그때의 그 선택이 이 모든 궤적의 시작이 될 줄은 몰랐다. 정말, 꿈에도 몰랐다.

고등학교 3학년 끝자락, 나는 열 번도 넘는 낙방 끝에 간신히 서울에 있는 한 대학에 합격했다. 이전보다 15킬로그램이나 찐 몸무게로 상경해, 1학기가 끝나기 전에 그 살을 모조리 뺐다. 그러다 술을 먹으며 다시 살이 쪘고, 거울에 접힌 뱃살이 보이기 시작하면 또다시

굵기 시작하고…. 그동안 내가 찌우고 뺀 살의 무게를 합하면 족히 100킬로그램이 넘을 것이다.

평소에 나는 먹는 양이 많지도 않고(위가 좋지 않아 많은 양을 먹지 못한다), 행동이 굼뜬 편도 아니며, 교양 차원에서 (띄엄띄엄) 운동까지 하고 있다. 그런 나를 두고 친구들이 자주 하는 말이 있다. “넌 자기 전에 폭식만 안 하면 돼.”

알아. 안다고. 누가 몰라.

서른한 살의 내게 발견된 만성질환은 추간판탈출증과 위염, 역류성식도염, 과민성대장염과 양극성장애까지 모두 다섯이다. 회사 생활 2년 차가 넘어가면서부터는 증세가 악화돼 병원에서 약을 처방받기 시작했다. 아침 약과 저녁 약을 합하면 총 12알. 약을 먹고 난 뒤로 또다시 10킬로그램이 넘게 찐 걸 생각하면 그때의 그, 부모님의 판단이 맞았던 걸지도 모르겠다. 나의 손톱 주변엔 거스러미가 잘 일어나, 언제나 손톱깎이를 침대맡에 두고 아침이면 밤새 일어난 거스러미를 잘라낸다. 생살이 들려 피가 나지 않게. 약을 먹는 일은 그것과 같다. 오늘도 나는 12알의 약을 먹고 침대에 누웠다. 내가 버티고 겪어온 이 모든 일이 고작 이런 인생을 위해서였다는 생각을 하면 한없이 쓸쓸해진다. 그리고 나는 핸드폰 속 배달 앱을 누르고 싶은 충동을 느끼는 중이다. 지금 음식을 시키면, 한 시간은 더 늦게 자야 하고, 보나 마나 밤새워 위산이 역류할 테고, 어쩌면 회사에 지각을 하게 될지도 모르고, 그럼 분명히 내일 하루를 완전히 망칠 것이다. 감상에 젖어 있을 시간은 없으니까 나는 또다시 억지로 눈을 감는다. 오늘 밤은 기필코 굶고 자야지 마음먹으며.

03

살만 빼면 괜찮을 것 같은데요?

*

내 옆자리의 사원 A는 입사 1년 차이며, 보편적인 한국의 20대 후반 남성이다. 즉 (그 유명한) 90년대생이다. 그가 자리에 없을 때면, 팀장은 그를 두고 '종잡을 수 없는 90년대생'이라고 주저 없이 말하곤 한다. 팀장은 아무래도 나를 '자기 사람'이라고 여기는 듯한데, 실은 팀원 중 그 누구도 (근속연수는 임원급이지만 다혈질이라 적이 많고 사내 정치에 둔감한, 다 떨어진 끈이나 다름없는) 팀장의 말을 귀 기울여 듣지 않기 때문이다. 나라고 해서 딱히 팀장에게 호의를 가진 건 아니지만, 누군가의 편을 들 만큼 회사 생활에 깊이 연루되기는 싫으므로 기계적인 중립을 지키려 노력하는 편이다. 이 때문에 팀장이 말을 걸면 고개를 끄덕여주기는 하며, 노골적으로 무시하지는 않는다. 워낙에 다른 사람들이 대놓고 팀장을 개밥그릇 취급하니까, 내가 고개를 끄덕이는 것만으로도 일종의 지지가 되어버린 것 같다.

최근 팀장이 부쩍 친근하게 말을 걸어오는 일이 잦아졌다. 대화의 내용 중에는 특히 신입사원 A에 대한 욕의 지분이 높은데 그가 '요즘 애들'답게 허락도 없이 자신보다 먼저 퇴근을 하며(그건 나도 마찬가지다), '요즘 애들'답게 일을 찾아서 할 생각을 하지 않고 배당된 일만을 처리하며(나 역시 그렇다), '요즘 애들'답게 다른 사람보다 더 많은 일이 주어지는 것에 노골적으로 불만을 표출한다고 했다(이제 나는 추가 업무조차 배당받지 않는다). "박 대리가 보기에도 90년대생들 좀 이상하지 않아?" 팀장이 말하는 '90년대생 애들'의 특징들이 나와 크게 다르지 않기에, 나는 다소 앞서가는 시대정신을 가진 90년대풍의 80년대생이었어!라고 자위해봤지만, 그저 사회생활에 실패한 한 명의 아웃사이더에 불과하다는 것을 너무나 잘 알고 있다.

아무튼 팀장의 말대로라면 개인주의 성향이 강한 A는 은근히 또 앉을 자리를 잘 보는 정도의 영리함을 갖추고는 있어서, 다른 팀원들이랑은 썩 잘 지내는 눈치였다. 심지어는 입사하자마자 사내 축구 모임이나 당구 모임 같은 사조직에 가입해 주말을 반납해가면서까지 적극적으로 활동했다. 어쩌면 그는 엄청난 구기 종목 팬이거나 ('90년대생들이 몰려온다'식의 호들갑스러운) 90년대 사람에 대한 정의와는 많이 다른 사람일 수도 있겠다(어쩌면 이런 일관성 없음과 종잡을 수 없음이 기성세대들이 말하는 90년대생의 모습일지도). 내 경우는 이 모든 사무실의 역학 관계를 방관자의 시선으로 관조하며—'정말 피곤하고 한심한 짓거리들을 하고 있군'이라고 생각하며—퇴사 의지를 다지곤 했다.

여느 때처럼 자리에서 뭉그적거리며 혼자 싸 온 도시락을 까먹을 준비를 하고 있던 어느 점심시간, 나는 뜻밖의 대화에 맞닥뜨리게 됐다. 평소 인사 정도만 나누던 사원 A가 오늘 날씨가 좋지 않냐며 뜬금없이 나에게 말을 걸어왔다. 가던 길이나 갈 것이지 얘가 왜 이러나 싶어서 대충 아무렇게나 대답을 했는데, 갑자기 A가 내게 물었다.

"그런데 박 대리님, 작가…라면서요?"

"아닌데요?"

나는 반사적으로 거짓말을 해버렸다. 등에 소름이 돋았다. 아니 근데, 이게 어디서 뭘 주워듣고 온 거야.

"에이. 저 네이버에서 검색해봤어요. 작가라고 나오던데요?"

하늘이 무너지는 기분. 아니라면 아닌 줄 알 것이지, 왜 캐고 들어. 설마 내 소설을 읽은 건 아니겠지? 회사 근처의 남고를 나와 공대에 진학했으며 육군 만기 전역을 하고 토익을 쳐서 (온통 남성뿐인, 공식적으로는 차별이 없다고 하지만 명백히 성별 필터링이 존재하는 게 분명한) 우리 회사에 들어온 그가 소설책 같은 걸 읽을 리 없다고 생각한 건 편견에 기초한 나의 오만이었나. 정말 읽었으면 어쩌지. 행여나 주변에 소문이라도 냈으면? 됐다. 무슨 소문씩이나. 내가 작가인 게 뭐 대수라고. 아무 말도 않고 있는 내게 A가 거듭 물었다.

"신기하다. 내 옆에 작가가 앉아 있다니. 네이버 웹툰 같은 데에 올라오는 거예요? 작가는 어떻게 되는 거예요? 신춘문예, 뭐 그런 거 된 거예요?"

"아, 네이버에서는 볼 수 없고… 신춘문예는… 아니고. 그냥… 뭐, 비슷한 거. 대학원 다닐 때 어쩌다 보니까…. 근데 어떻게 아신 거예요?"

서버관리팀에 문헌정보학과를 나온 (몇 안 되는 신입 여성) 동기가 알려줬다고 했다. 우리 회사에 책을 읽는 사람이 있을 줄이야. 최소 두 명 이상은 이 사실을 알고 있다는 거잖아. 아 정말 죽고 싶다. 남들 보라고 책을 써서 출판까지 해놓고, 이런 반응을 보이는 게 유난스럽다는 것 정도는 나도 잘 알고 있다. 그렇지만 내 글은 그야말로 내 마음의 전시장이고, 내 이 쑥대밭 같고 전쟁터 같은 마음을 들키고 싶지 않은 것은 당연한 거 아니겠어? 간파당하지 않겠다, 절대로 내 진심이나 적의 같은 것을 들키지 않겠다, 그저 쉬이 잊히는 존재로 이곳에 정물처럼 머무르다가 어느 날 불현듯 사라져버리겠다, 다시금 마음먹으며 나는 당장의 상황을 모면하기 위해 자리에서 일어났다. 점심을 먹으러 가겠다고 (대충 둘러대고 화장실이라도 가 있을 생각이었다). 그런데 A가 눈치 없이 말을 이었다.

"근데 사진, 말인데요."

"네?"

"네이버에 있는 프로필 사진 말이에요. 예전 사진인가 봐요. 지금이랑 엄청 다르던데."

"네… 뭐."

흘리듯 대답하기는 했지만 실은 고작 1년 전에 방콕에 놀러 가 찍은 사진이었고, 다른 모든 인류가 그렇듯 수천 장의 사진 중 제일 잘 나온 한 컷을 고르고 골라 나온 작품이랍니다. 당신의 카카오톡 프로필 사진과 실물의 차이를 본다면 네 옆에 앉은 내 모습과 내 프로필 사진의 괴리 따위, 아무런 문제가 되지 않을 텐데?

"살 빼시고 관리 좀 하시면 인기 많으실 거 같은데요? 대리님 긁지 않은 복권 같아요!"

A는 하고 싶은 말을 다 했는지 점심을 먹으러 나가버렸고 남겨진 나는 여러모로 한 대 얻어맞은 것 같은 기분이었다. 지가 뭔데 내 외모를 평가해. 살찐 사람 몸은 함부로 이래라저래라 해도 되는 건가. 게다가 긁지 않은 복권이라니. 상대방은 누구보다도 절실히 자신의 현실을 살아가는 중인데 타인이 왜 함부로 그 사람을 무엇이 되지 못한 존재로 규정하는 것인가. 물론 나도 그가 별다른 악의 없이, 오히려 칭찬에 가까운 의미로 그런 말을 했다는 것 정도는 알고 있다. 근데 그게 더 문제라고. 나이 지긋한 부장님이면 모를까 나름의 인권 감수성 교육을 받고 자랐을 세대가 타인의 몸에 대해 논하는 것이 주제넘은 일이라는 것을, 이런 종류의 말이 실례가 된다는 것을 모르는 걸까? (의학적 차원이든 미학적 차원이든) 정상체중이라는 게 존재하고 날씬한

LOTTERY
긁어주세요
LOTTO

게 미의 디폴트인 사회에서 살이 쪘다는 것은 권력을 가지지 못했다는 것을 의미한다. 즉, 약자에게 유달리 가혹하고도 엄격한 한국 사회에서 나를 포함한 대부분의 비만인은 직간접적으로 매일 정상의 범주에 포함되어야 한다는 폭력적인 시선에 노출된 처지인 것이다.

그래도 비만한 '남성'인 나는 사정이 좀 나은 편이다. 살찐 여성들에 대한 사회적 멸시와 비하는 상상을 초월한다. 일단 여성인 배우나 가수가 조금이라도 살이 찌면 어김없이 살이 쪘고, (도대체 무슨 범위의 관리인지는 모르겠지만) 자기 관리에 실패했고, 프로 의식이 모자란다는 댓글이 달리기 일쑤다. 따지고 보면 배우는 연기하는 직업이고 가수는 노래하는 게 직업의 본질인데 왜 당연히 날씬한 몸을 직업적 소양에 포함하는 것일까.

얼마 전 한 배우가 파격적으로 다이어트에 성공해 화제가 된 적이 있었다. 그녀는 배우로서 무대와 브라운관을 누비며 누구보다도 굵직한 커리어를 쌓아왔으며, 유수의 상을 받은 경력이 있다. 이전에도 나는 몇 번 그녀의 공연을 본 적이 있으며, 그 뒤로 팬이 되어 기사도 꼼꼼히 찾아보는 편이었는데, 감량 이전에는 '굵지 않은 복권'류의 (조금만 빼시면 예쁠 것 같아요, 건강을 생각해서라도 빼셔야죠 등의 주제넘은) 댓글이 많이 달려 있었고, 심심치 않게 살찐 사람을 비하하는 단어들과 비만에 대한 온갖 혐오가 담긴 것을 볼 수 있었다. 그녀가 (배역을 위해) 살을 빼고 난 후에도 사정은 나아지지 않았다. 살을 빼서 늙어 보인다느니, 찐 게 낫네, 뺀 게 낫네, 굵어도 꽝인 복권이네 등의 외모 평가에 기초한 댓글만이 가득했다. 그 사람들에게는 그녀가 긴 시간 동안 좋은 커리어를 쌓기 위해 어떤 피나는 노력을 해왔는지는 별로 중요해 보이지 않았다. 그녀의 배우로서의 가치나 존재는 깡그리 지워지고 오로지 그녀의 변화한 체중과 살에 대한 혐오가 그녀의 존재를 대체해버린 것이다. 하물며 제삼자인 내가 봐도 이렇게 처참한 기분인데, 여성이며 남들에게 끊임없이 평가를 받는 직업을 가진 그녀에게 가해진 현실은, 나로서는 상상도 할 수 없을 정도로 가혹할 것이라는 생각이 들었다.

나는 다소 90년대풍의 감성을 지닌 사람이라 그런지(?) 타인의 신체와 얼굴과 삶에 대해 왈가왈부하는 게 좀 이해되지 않는다. 그냥 각자 자기가 원하는 모습대로 살면 되는 것 아닌가? 애초에 타인의 신체를 수정하려는 말들이 내게는 좀 비상식적으로 느껴진다.

"○○ 씨의 대서양처럼 넓은 미간도 앞트임수술을 하면 괜찮아질 것 같은데요? 40대 중반이지만 환갑은 돼 보이시는 강 부장님도 이마인지 정수리인지 구별 안 되는 부위에 4000모 내외의 모발이식을 하면 제 나이로 보일 것 같으세요. 오 팀장님, 안검하수 교정을 동반한 쌍꺼풀수술을 하시면 언제나 졸려 보이는 눈매가 한결 더 시원해질 거예요…."

일상에서 방금 나열한 문장 중 단 하나라도 입 밖으

로 꺼낸다면 나는 엄청나게 무례한 사람이 되겠지? 당연히 엄청나게 무례한 말이고. 근데 왜 사람들은 아무렇지도 않게 살만 빼면 괜찮을 것 같다는 말을 하는 걸까. 도대체 그 뚫린 입을 함부로 나불거릴 권한을 누가 부여해주는 걸까? 정부가? 매체가? 어쩌면 한없이 고도비만해 보이는 자들보다는 비교적 '정상체중'에 가까운 자신의 모습을 보며 자신들이 가진 한 줌의 권력을 확인하고 싶어서일지도 모르겠다.

하긴 내가 누굴 욕해. (회사를 제외한 다른) 사교 자리에서 나는 앞장서서 비만 혐오적인 (즉 자기 비하에 기초한) 농담을 던지곤 한다. 내가 먼저 나 자신을 욕하는 것을 통해 다른 사람이 나에게 주는 모욕을 견뎌내는 것. 웃음이야말로 가장 손쉬운 방어기제니까. 뿐만 아니라 나는 인터넷 포털에도, 책날개에도 실물보다 훨씬 슬림해 보이는 사진을 올리며 '정상체중의 신화'를 누구보다 열심히 떠받드는 중이기까지 하다. 다른 무엇보다 거울을 가장 두렵게 여기는 일개 비만인인 나는,

오늘 밤은 기필코 굶고 자야지, 다짐하며 잠을 청할 따름이다.

04

청첩장이라는 이름의 무간지옥

*

원고 마감이 가까워져오면 수면이 부족해지고 기분이 축축 처진다. 특히 원고가 안 풀릴수록 증상이 더 심해지는데, 이럴 때면 교양 차원에서 마시는 아침 커피만으로는 카페인이 한참 모자란 기분이 든다.

점심시간이 시작되기 무섭게 노트북 파우치를 챙겨 스타벅스로 향한 건 그 때문이었다. 고용량의 카페인과 간단한 요기, 쾌적한 집필 환경을 동시에 해결할 수 있는 공간이니까. 앉을 자리를 찾는데 평소에 내가 즐겨 앉던 창가 자리가 만석이었다. 나처럼 점심을 거르며 스타벅스에 오는, 직장 사회에서 동떨어진 영혼들이 이토록 많다니. 나는 묘한 동지애 같은 것을 느끼며 테이블 자리에 앉았다. 노트북을 펼쳐놓은 후 무심코 앞을 바라보았는데 대학교 신입생 때 꽤 친하게 지냈던 동기 형이 내 쪽으로 걸어오고 있었다. 나는 반사적으로 어깨를 들썩하며 아는 척을 하려 했다. 그러나 그의 시선은 무심코 나를 스쳐 빈 좌석으로 향했다. 나는 아무 일도 없었던 것처럼 다시 자리에 앉았지만 뻘쭘한 기분을 숨길 수 없었다. 내가 아무리 살이 쪘기로서니 아예 못 알아볼 정도란 말인가? 됐다. 어차피 아는 척해봤자 귀찮기만 하지, 작업이나 하자. 정신없이 자판을 두드리면서도 자꾸 웃음이 나왔다. 그런데 옆에서 누군가 내 어깨를 톡톡 쳤다.

"혹시, 박상영 씨 아니세요?"

"뭐야, 형. 나 그렇게 못 알아볼 정도야?"

동기 형은 와하하 웃은 뒤 너 대단하다(?)고 말하며, 내 앞자리에 앉았다. "나도 살 엄청 쪘어"라고 말하는 형은 (나 정도까지는 아니더라도) 확실히 날렵했던 턱선이 무너지고 눈 밑이 거무튀튀해진 모습이었다. 우리는 하나 마나 한 안부 인사를 나누며(너는 요즘 뭐 하고 지내냐? 나는 회사 다니지, 형은? 어 나도 요 근처 어디 다녀…), 하나도 궁금하지 않은 대학 동기들의 소식을 공유했다(누구는 결혼해서 애를 낳았고, 누구는 이직에 성공했으며, 누구는 영국으로 유학을 떠났고, 누구는 결혼도 모자라 이혼까지 했다더라). 이런저런 얘기를 하다 금세 대화가 끊겼고, 이제 그만 자기 자리로 돌아가줬으면 하는 마음이 들기 시작했음에도 형은 쓸데없는 질문을 하며 계속 대화를 이어나갔다. 그리고 형이 불쑥 내민 핸드폰.

"우리 연락이나 하고 지내자."

배경화면에는 한 아름다운 여성의 사진이 있었다. 천천히 나의 번호를 찍으면서 피어오르는 의구심. 이 형 혹시, 청첩장 보내려는 거 아냐? 나는 매우 조심스러운 말투로 형에게 물었다.

"이분은 누구야? 혹시… 여자친구분?"

"뭐래. 아이즈원 민주잖아!"

정신을 차리고 다시 보니 과연, 민주였다. 유레카! 형은 여자친구는커녕 솔로가 된 지 1년도 넘었다며 괜찮은 여자 있으면 소개해달라고 (그날 했던 대화 중 가장 진정성 있는 톤으로) 말했다. 형은 곧 특유의 사람 좋은 표정을 지으며 작별 인사를 했고, 나는 형을 핑계로 그날의 작업을 접었다. 선량하고 투명한(?) 형을 의심한 게 미안해졌지만, 아무래도 내 나이가 나이이다 보니 솥뚜껑만 봐도 놀랄 수밖에 없다. 몇 번이고 비슷한 경험을 한 적이 있기 때문이었다.

얼마 전, 학생 기자 시절 취재를 위해 도합 두 번 정도 만났던 취재원분이 카카오톡으로 갑자기 반갑게 인사를 걸어왔다.

상영 씨 잘 지냈어요?

나는 본연의 나쁜 성격을 숨기고 사회인의 도리를 다하기 위해, 앗 오랜만이에요, 잘 지내셨죠? 대답한 후 가드를 올린 채 대기를 타고 있었다. 상대방은 작년에 내가 냈던 소설집의 제목을 말하며, 상영 씨 작품의 팬이라고 말했다. 일상의 나는 둔한 인상과는 달리 상당히 순발력이 좋은 편이며 아무리 곤란한 질문을 들어도 웃으며 빠르게 받아친다(그것은 내 진심과는 전혀 관계가 없는, 척추에서 흘러나오는 반사신경에 가깝다). 그런데 내 책을 읽었다는 사람과 마주치면 왠지 모르게 죄인이 된 것만 같은 기분에 사로잡혀 복어 독을 먹은 것처럼 온몸에 마비 증상이 온다. 그렇게 순간 할 말을 잃어버린 내게, 상대는 계속해서 내 작품에 대한 감상이며 주변 사람들에게 나의 소설집을 영업하고 다녔다는 등의 말을 이어나갔다. 나는 아유 정말 감사합니다, 감사해요, 기계처럼 대답하며 애써 당황한 기색을 감췄다.

참, 그리고 나 결혼해요. 시간 되면 놀러 와요.

부담은 가지지 마시고요.

핸드폰 화면에 낭창하게 떠오르는 그의 모바일 청첩

장. 천 번은 본 것 같은 사진에 만 번은 본 듯한 문구를 보니 짜게 식는 내 마음. 부담 갖지 말라니요. 당신과의 지금 이 대화가 충분히 부담입니다만….

하긴 이 정도면 양반인 편이다. 갑작스레 대학 동기 50명을 단체 카톡방에 초대해 모바일 청첩장을 돌리고 사라지거나, 서로 싫어하는 게 분명한 직장 동료의 청첩장이 사무실 책상 위에 놓여 있다든가, 있는지도 몰랐던 친척의 청첩장이 우편함에 꽂혀 있었다는 등의 설화를 우리는 심심치 않게 들을 수 있다. 특히 지난해 가을에는 청첩장 러시가 너무나 치열해, 일주일에 몇 개씩이나 단톡방이 열린 적이 있었다. 자꾸만 쌓여가는 업무에, 다가오는 원고 마감에 폭발해버릴 것만 같았던 어느 날, 나는 시시때때로 울려대는 메시지 알림을 견디지 못하고 '청첩장 거부합니다'라는 문구를 카카오톡 프로필에 적어놓은 뒤 모든 단톡방에서 나와버렸다. 그리고 홀가분한 마음으로 잠들었다. 자고 일어나 보니 너무 자의식과잉인 것 같아서(실제로 자의식과잉이기도 해서) 금방 지워버리긴 했지만…. 왜 모든 선언은 하는 순간 이리도 없어 보이고 맥 빠지는 것일까(이를테면 '오늘 밤은 굶고 자야지'와 같은 종류의 것들).

그렇다고 해서 내가 결혼제도 자체를 반대한다거나 타인의 결혼에 대단한 거부감을 가지고 있는 것은 아니다. 가까운 사람의 결혼은 진심을 다해 축하해줄 마음이 있으며, 실제로 몇몇 절친한 친구의 결혼식에서 사회를 보거나 축가까지 부르는 등 누구보다도 적극적으로 결혼 예식에 참여해왔다(심지어는 이런 경험을 바탕으로 〈재회〉라는 제목의 단편소설을 써서 팔아먹기까지 했다). 그런데 앞서 말한 것과 같은, 평생 가까워질 이유가 없는 사람의 청첩장을 받아 들 때마다 나는 아득하고도 뜨악한 기분이 든다. 결혼을 하지 않은 한 40대 선배는 그동안 나간 축의금만 해도 웬만한 중고차 한 대 값이 넘는다고 토로를 할 지경이니, 청첩장을 둘러싼 일종의 자본주의적 배려에 대해 생각하지 않을 수 없다.

현대인은 보통 두 가지 종류로 나뉜다.

① 결혼을 했거나 언젠가 할 예정인 사람.

② 결혼에 관심이 없거나 하지 않기로 마음먹은 사람.

①번의 경우 서로 그다지 가깝지 않은 사이일지라도 품앗이 차원에서 일종의 '공정한 거래'가 이뤄질 수 있는 관계다. 그러나 세상에는 수많은 ②번들이 존재한다. 결혼에 트라우마가 있는 사람, 앞으로도 영원히 결혼할 생각이 없는 사람, 별로 친하지도 않은 자에게 10만 원가량의 축의금과 주말의 귀한 시간을 축내고 싶지 않은 사람…. ①번과 ②번은 기름과 물처럼 섞이지 않아야 마땅한데, ①번들은 ②번들을 배려하거나 가만히 둘 생각이 없어 보인다. 그러니까 이토록 집요하게, 잘 알지도 못하는 자들에게 청첩장을 보내는 거겠지? 다들 짐작할 수 있겠지만, 나는 절대적으로 ②번 유형에 속하는 (비)자발적 비혼자이다. 열 살 때부터 엄마에게 "나는 절대로 결혼 안 할 거니 그렇게 알고 있

어"라고 입버릇처럼 말하던 되바라진 꼬마였으니 결혼에 대한 반목의 역사가 꽤 깊은 편이다.

예전부터 결혼이라는 제도가 내게는 판타지로 가득한 동화처럼 느껴졌다. 한 인간과 다른 인간이 만나 같은 집에서 평생을 함께 살아가는 것. 산과 들과 나무도 변하는 세상에서 영원한 어떤 것을 기약한다는 것. 차라리 발목째로 잘려나간 빨간 구두나 투명한 옷을 입은 임금님과 같은 동화가 내게는 조금 더 현실적으로 느껴진다.

그 때문인지 나는 다른 약속은 칼같이 잘 지키면서 결혼식은 유달리 지각을 하거나 아예 까먹어버리곤 한다. 심지어는 습작기 시절에 만나 전우애에 가까운 애정을 다져오고 있는 동료 작가 김세희의 결혼식에도 참석하지 못했다. (진심으로 참석하고 싶었음에도) 가지 못한 이유는, 늦잠을 자버려서…. 학창 시절 12년 동안 단 한 번도 지각이나 결석을 해본 적이 없는 나에게는 매우 생소한 일이었다. 그 후로도 몇 번이나 나는 친구나 친척의 결혼식에 늦거나 아예 참석하지 못하고는 했다. 매번 나름의 이유는 있었으나, 유달리 결혼이라는 사건에서만 이런 일이 발생하는 걸 보면 나의 무의식이 안간힘을 다해 결혼을 거부하고 있는 것일지도 모른다는 생각이 든다. 나라고 나에 대해 다 알 수는 없는 법이니….

이처럼 결혼 생각이 아예 없는 나 같은 사람들에게는 요즘 회자되고 있는 비혼식(非婚式)이 꽤 솔깃한 아이디어처럼 느껴진다. 평생 오롯이 나 자신만을 보듬으며 살겠다는 선언, 이를 위해 마련된 성대한 파티. 누군가는 한심하고 외로운 작자들이 벌이는 헛짓거리라 생각할 수도 있겠으나, 어차피 모든 예식 문화는 다 창작된 것에 불과한데 새로운 풍토를 못 만들어낼 건 또 뭔가. 내가 나랑 결혼할 수도 있을 것 같다는 생각도 든다.

내 경우는 결혼은커녕 등단하고 나서부터 사소한 연애 사건조차 완전히 끊겨버린 상황이다. 주변의 친구들에게는 우스갯소리로 소설과 결혼했다고 말하곤 했는데, 아닌 게 아니라 정말 소설과의 결혼식을 개최해보는 건 어떨까?

전국에 차고 넘치는 도서관이나 작가 회관을 대관한 후, 케이터링 업체를 예약한다. 그럴듯한 예복을 맞추고, 책 표지랑 내 사진을 이어 붙여 모바일 청첩장을 만든 후 옷깃이라도 스쳤던 사람 모두를 초대하는 거다. 축의금 함과 장부를 관리하는 두 사람만 행사장 앞에 배치해놓는다면 모든 게 완벽하다….

뭐 이런 망상에 젖은 채 나는 홀로 넓은 침대에 누웠다. 그리고 다짐했다. 언젠가 열릴지도 모를 소설과의 결혼식을 대비해 오늘 밤은 기필코 굶고 잘 것이라고.

05

내 슬픈 연애의 26페이지

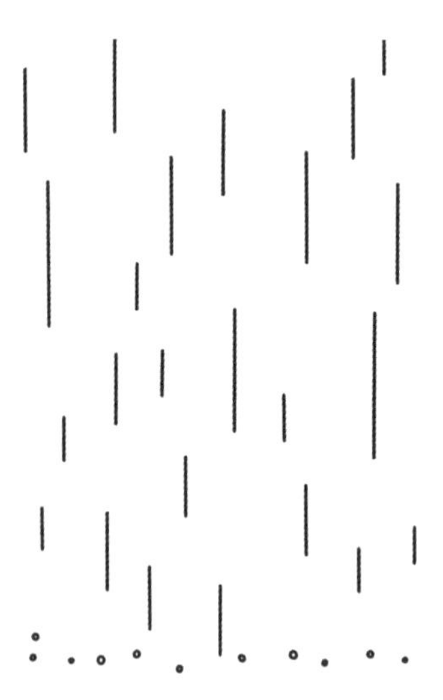

*

요즘 들어 내 주변에 심상치 않은 일들이 일어나기 시작했다. 언제나 빛이 나는 솔로로 남아 있을 것만 같았던 내 친구들이 하나둘 연애를 하기 시작한 것이다. 만 4년여 동안 타인과의 육체적, 정서적 교류를 완벽히 단절한 채 수도승처럼 살아, 영원히 솔로일 것만 같았던 친구 B도 갑자기 불같은 연애를 시작하며 연락이 뜸해져버렸다. 심지어 친구들 중 몇몇은 결혼까지 해버려, 멀고 먼 바다 저 너머 기혼자의 대륙으로 가버렸다. 정신을 차려보니 어느새 나는 고립무원의 상태로 집과 회사, 커피숍(그리고 아주 가끔은 헬스장)을 왔다 갔다 하는, 하품 나오는 인생의 단계로 접어들었다. 벚꽃이 만개하는 봄이 되자 SNS에 들어가기가 두려워졌다. 서로를 사랑해 마지않는, 그리고 기꺼이 그것을 전시하는 것을 주저하지 않는 작자들의 모습이 핸드폰 화면을 가득 채우기 시작했으니까.

땅은 녹고, 꽃은 피고, 새싹이 자라나고, 콧구멍에 따뜻한 바람이 솔솔 불어오는데 나만 혼자 이렇게 남겨져 있다. 100킬로그램의 질량으로….

앞선 에피소드에서 여러 번 강조해 말했듯, 2016년에 등단한 이후로 나에게는 그 어떤 연애 사건도 없었다. 지난 3년 동안 세 번 이상 제대로 데이트를 한 사람조차 없는 철저한 연애 혹한기를 보내온 나지만, 태초부터 그랬던 건 아니어서(?) 20대 때에는 내내 인생을 걸고 끊임없이 연애를 했다. 굳이 목숨을 걸 필요가 없었음에도 그랬던 건, 그거 말고 딱히 할 만한 게 없어서였다.

암흑 같은 10대 시절을 보내고, 간신히 서울에 있는 대학에 와 그토록 꿈꾸던 '물리적인 독립'을 이룬 나는 온갖 희망으로 가득 차 있었다. 온갖 억압으로 얼룩졌던 이전의 삶과는 완벽히 다른, 인생의 진짜 이야기가 펼쳐질 것이라 믿었다. 그러나 내 20대의 첫 페이지는 (다른 모든 스무 살들처럼) 실망과 절망이라는 단어로 가득 차버렸다. 서로의 자취방에 모여 여자 얘기를 하는 선배들과는 도저히 가까워질 수 없었고, 점수에 맞춰 간 학과 공부는 재미가 없었을 뿐만 아니라 번번이 낙제점을 받았다. 매일 술을 마셨고, 자주 수업에 빠지고 잠을 잤다. 인생이 커다란 공란이 되어버린 것만 같았다.

그 새하얀 공란을 극복하기 위해, 나는 연애라는 사건을 써 내려갔다. (지금도 마찬가지지만) 그때의 나는 나를 잘 몰랐고, 내가 어떤 사람을 좋아하는지 몰랐고, 누군가를 좋아할 때의 내가 어떻게까지 변할 수 있는지를 알지 못했다. 그래서 많은 시행착오를 겪어야만 했다. 어떤 상대는 친구 같았고, 어떤 상대는 꼭 부모님 같았으며, 어떤 상대는 낳아본 적도 없는 자식 같기도 했고, 어떤 상대는 반려견(즉, 개) 같았다. 아마 그들에게도 나라는 존재가 그러했을 것이다. 애 같기도 개 같기도 한 그런 사람….

그렇게 많은 사건들을 겪고 정신을 차려보니 어느덧 나는 연애를 하지 않으면 죽는 병이라도 걸린 사람처럼 계속해서 연애를 이어가고 있었다. 연애의 끝은 언제나 지독히 아팠으나, 새 연애를 시작할 때마다 이전에 잘못됐던 선택을 반복하지 않기 위해 노력했다. 돌이켜 생각해보면 마치 오답 노트를 쓰는 것처럼, 이전의 실패를 참고해 더 나은 관계를 만들어야 한다는 강박 같은 게 있었던 것 같다. 당시에 나는 내가 점점 더 나은 사람이 되어가고 있으며, 언젠가 '정답'을 찾을 수 있으리라 믿었다.

이 때문에 내 인생의 26페이지, 20대의 한중간에 놓인 D와의 연애 사건은 내게 조금 특별했다. 그 겨울, 대학 졸업반이자 취업 준비생이었던 나는 간신히 한 잡지사에 인턴으로 들어갔고, 소위 말하는 (최저 시급도 되지 않는) 열정 페이를 받으며 매일매일 야근을 이어갔다. 3개월로 예정됐던 수습 기간은 6개월로, 1년으로, 편집장과 사수 선배의 기분에 따라 엿가락처럼 늘어나곤 했다. 나는 정규직이라는 미지의 열매를 바라보며 매일매일 지쳐갔다. 그때 내 인생에 D가 나타났다. (지금이야 별것도 없는 나이라는 걸 알지만, 당시로서는 너무나도 성숙하고 어른스럽게 느껴졌던) 30대 중반의 나이에 경제적으로도, 정신적으로도 안정적인 사람이었던 D. 아무것도 안정돼 있는 게 없던 당시의 내 삶에 필요한 모든 것들을 D는 가지고 있었고 나는 그것이 무척 근사하게 느껴졌다. 야근을 마치고 밤늦게 퇴근을 하면 어김없이 회사 건물 뒤쪽에 D의 차가 세워져 있는 게 보였다. D는 내게 마카롱이며 샌드위치 같은 것을 건네며 수고했다고 내 뒤통수를 쓰다듬었다. 그러면 하루 종일 잔뜩 구겨져 있던 내 마음이 바르게 펴지는 것 같은 기분이 들었다. 우리는 집으로 향하며 남들에게는 털어놓을 수 없었던 서로의 치부나 과거의 트라우마 같은 것들을 미주알고주알 떠들곤 했다. 또한 각자의 일상(이를테면 병리학적으로 문제가 있는 게 분명한 상

사나, 비합리적인 조직 같은 것)을 공유하며 신나게 잘도 만났다. 나와 D는 자주 미래에 관해 얘기했다. 이전에는 한 번도 겪어보지 못했던, 서로의 장점과 단점을 온전히 껴안는 '성숙한 연애'를 시작한 것이 아닐까, 어쩌면 이번 관계는 영원을 기약할 만큼 아주 멀리 바라볼 수 있지 않을까, 김칫국 한 사발을 마셨다.

그러다 작은 문제가 하나 발생했다. 사귄 지 3개월 만에 내가 무려 7킬로그램이나 찐 게 화근이었다. 사실 데이트의 8할은 함께 뭔가를 먹는 행위이기 마련이고, 불행히도 우리에게 허락된 시간은 야근이 끝난 후 늦은 밤 시간밖에 없었다. 나와 똑같은 시간에 똑같은 음식을 먹은 D는 별달리 체형의 변화가 없었는데, 알고 보니 D는 잠을 줄여가며 운동을 하고 있었으며, 경미한 운동중독에 '자기 관리'라는 단어를 입버릇처럼 말하는 현대인이었다. D가 장난처럼 내 뱃살을 움켜쥘 때, 너는 어떻게 배가 부르면서도 계속 음식을 먹을 수가 있냐고 물어볼 때, "운동하는 시간은 원래 만들어내는 거야"라는 말을 할 때, 나는 은연중에 D가 나를 한심하게 생각하고 있다는 것을 느낄 수 있었다. 그건 사실이었다. 예나 지금이나 나는 놀라울 만큼 게으르고, 몸을 움직이는 것을 귀찮아하며, 스트레스가 극한 상황에서 나를 돌보기보다는 내 몸을 걸레짝처럼 한구석에 방치해놓은 채 달콤한 유혹에 의존하는 것을 즐기는 사람이니까.

그렇게 D를 만난 지 세 계절이 지났고, 봄이 왔고, 나는 사수 선배와 싸우고 난 후 충동적으로 회사를 그만뒀으며, 몸무게의 앞 자리 숫자가 바뀌었고, 얼마간의 패배감을 안은 채 다시 취준생이 되었다. 나는 D의 회사 앞에서 반려견처럼 얌전히 앉아 취업을 위한 공부를 하며 D가 퇴근하기를 기다렸다가 데이트를 했다. D가 내 앞에서 한숨을 쉬는 일이 잦아졌다. 스트레스를 많이 받고 힘들 때일수록 '자기 관리'를 하는 게 중요하다고 말하는 D에게 나는 웃으며 그러겠다고 했다. 나를 위한 말이었고 맞는 말이었으니까. D는 회사에서 새로 시작한 프로젝트에 투입되었고, 우리가 만날 시간은 점점 줄어들었다. D의 주말 출근이 잦아졌다. 서로의 생활 패턴에 불만이 많아졌다. 열흘 동안 얼굴 한 번 보지 못해도, '자기 관리'를 할 시간이 더 중요하다는 D에게 조금만 더 나와의 시간을 우선순위에 두면 안 되겠냐고 물었다. D는 자신이 만들어놓은 완벽한 일상의 패턴을 깨뜨릴 생각이 없어 보였고, 나는 그것이 섭섭하다고 말했다. D가 내게 "넌 내가 뒤룩뒤룩 살이 쪄도 좋아할 수 있어?"라고 물었고, 나는 그 말이 무슨 뜻인지 알 것 같았다. 기분이 좋지 않았지만 애써 농담을 하며 말을 돌렸다.

"살찌면 더 좋지. 그만큼 지구에 네가 차지하는 부분이 많아지는 거잖아?"

그리고 그 말은 어느 정도 진심이었다. 당시 나에게 D의 체형이나 외모는 더 이상 중요한 요소가 아니었으니까. D는 그렇게 웃음으로 대충 문제를 회피하려 들지 말라고 했다. 언제는 내가 웃겨서 좋다더니…. 그런 방식의 싸움이 몇 번이고 반복되었다.

그렇게 우리는 매일 서로의 다름을 확인해나가며 몇 번이고 이별했다 다시 만났다.

어느 날, 모처럼 주말 출근을 하지 않은 D와 함께 하늘공원에 갔다. 날씨가 맑았고 처음 가본 하늘공원은 아름다웠으며 사람들은 다들 웃고 있었고 나는 오랜만에 기분이 좋았다. 함께 팔짱을 끼고 언덕에 올라가 벤치에 앉았다. 나는 외투를 벗으며 날씨가 더운 것 같다고 말했다. D는 살이 찌고 난 뒤 내 호흡 소리가 커졌다고, 건강이 좋지 않은 것 같다고 했다. 나는 컨디션에 별문제가 없다고 대답을 했으나, D는 취업을 할 때도 살찐 사람에게는 불이익이 가니까 살을 빼는 게 좋겠다고 같은 말을 반복했다. 나는 제발 그런 말 좀 그만하면 안 되겠냐고, 내가 너에게 운동을 그만두라고 요구하지 않듯, 그냥 나의 현실을 있는 그대로 받아들여주면 안 되겠냐고 받아쳤다. D는 도대체 내가 왜 화를 내는지 모르겠다고 했다. 그리고 덧붙였다.

"내가 그냥 충동적으로 하는 소리인 줄 알아? 혹시나 기분 나쁘게 들릴까 봐 친구들이랑 상의도 하고 말하는 거라고."

그러니까, 나도 몇 번인가 본 적이 있는 친구들과 둘러앉아, 어떻게 하면 내 체형을 바꿀 수 있는지, 나의 게으름을 개선할 방향에 대해 토의를 했다는 말이었다. 전에 느껴보지 못한 수치심에 아무 말도 할 수가 없었다.

"네가 나쁘다는 게 아니야. 그냥 점점 더 내 취향에서 멀어져간다는 거지. 사랑하는 사람을 위해서 그 정도는 해줄 수 있는 거잖아."

확신에 찬 목소리로 말하는 D. 나도 너를 위해 참고 노력하는 게 많다고 하는 D 앞에서 나는 더 할 말이 없었다. 정말로 이별할 때가 온 것이었다.

집에 가는 길, 땅을 보며 걷는데 회색빛 보도블록이 더 진한 색깔로 물들어갔다. 하늘을 보니 거짓말처럼 비가 내리고 있었다. 나는 미지근한 봄비를 온몸으로

맞으며 내 인생의 어떤 한 국면이 흘러가버렸음을 직감했다. 그 후 나는 취직을 하고, 등단을 하고, 책도 내며 인생의 여러 성과를 이뤄냈으나, 아주 오랫동안 나 자신이 게으르고 한심하며 자기 관리를 하지 못하는, 개선되어야 할 존재라고 믿어왔다. D가 나에게 말했던 그 언어로 나 자신을 책망해왔다. 우리가 함께 공유했던 친절하고 따뜻하고 좋았던 시간만큼, 관계의 깊이만큼, 딱 그만큼 나는 앓았다.

많은 시간이 흘렀지만, 아직도 나는 '자기 관리'라는 단어를 쓰는 사람들과 가깝게 지내지 않는다. 또한 내게 친절하게 다가오는 사람들을 쉽게 믿지 못하며, 모든 관계에서 영원을 기약하지 않게 되었다. 그렇게 어영부영 시간이 흘러가버렸고, 정신을 차려보니 나는 어느덧 오늘 밤은 굶고 자야지 매일 다짐하는 못난 30대가 되어 있었다.

06

최저 시급 연대기

-SHAKESHACK 버거에 대한 명상

*

집 앞에 쉑쉑버거가 생겼다. 나는 비록 거울을 볼 때마다 한숨을 쉬는 30대 직장인이지만, 언젠가 꼭 쉑쉑버거에 가고 말 것이라는 다짐을 해왔다.

어느 날 퇴근길, 회사 문을 나서자마자 왠지 꼬리뼈가 간질간질한 것이 도저히 헬스장에 가고 싶지 않은 기분이 들었다(물론 대부분의 날들이 그러하긴 하지만). 오늘이, 바로 그날이라는 것을 나는 알 수 있었다.

나는 집으로 가는 대신 곧장 쉑쉑버거로 향한다.

번화가의 쉑쉑버거는 (당연히도) 붐빈다. 나는 기본 쉑버거에 치즈 프라이, 밀크셰이크를 시킨다. 패티의 굽기는 레어. 포스에는 2만 원 가까이 되는 금액이 찍혀 있다(세트 메뉴가 없다는 것이 쉑쉑버거의 특징 중 하나

다). 미친 거 아냐, 도대체 이게 얼마야, 싶은 마음에 얼른 취소해버리려다 아니다, 하루에 열세 시간씩 일을 하는데 이 정도는 먹어도 되지 않나, 하는 생각이 들어 결국 신용카드를 내민다. 매장 내에 빈 테이블이 없어 결국 야외 테라스에 있는 테이블에 자리를 잡는다. 다른 모든 날처럼 미세먼지가 심한 오늘.

10분 뒤, 설익은 버거를 받아 든 나. 내가 아는 쉑쉑버거에 비해 조금 작은 것 같지만, 뭐 어쩌겠나 생각하며 내 가방이 놓인 자리에 가 앉는다. 고가의 '버거느님'을 양손으로 정중히 들어 올린다. 가격에 비해 다소 소박한 크기의 버거를 한입 베어 물자 입안 가득 미국산 핏물이 고인다. 육식의 축복. 괜히 눈물이 날 것만 같은 기분.

2019년 어느 날의 나는 2만 원 상당의 버거를 꼭꼭 씹어 삼키며, 이 핏물 젖은 버거를 먹기 위해 그간 어떤 삶을 살아왔는지, 어떤 일들을 겪어왔는지에 대해 명상해보기로 결정한다.

2007년, 나는 스무 살이었으며, 종로구 명륜동의 반지하 방에서 대학 신입생 생활을 시작했다. 당시 부친의 충동적이고도 공격적인 투자로 인해 가세가 기울어버렸고, 보증금을 낼 여력이 없었던 내게 허용된 주거 공간은 월 35만 원에 식사까지 해결할 수 있는 반지하 하숙방이 전부였다. 나는 막 시작된 대학 생활에 썩 만족하지 못했고, 또래 사회에 무사히 안착하는 데 실패했다. 쓸데없는 사람들과 밤새워 술을 마시느라 수업을 자주 빠졌지만, 누구와도 깊이 마음을 나누지는 못했다. 술이 떡이 돼서 자다가 바퀴벌레가 기어가는 소리를 들으며 깨는 일이 잦았다.

혼자 산 지 두 달도 채 지나지 않아, 부모님과 함께 살 때는 몰랐던 사실을 알게 되었다.

인간이 숨만 쉬어도 돈이 든다는 것.

부모님이 모자란 살림을 쪼개 보내주는 한 달 20만 원의 용돈은 서울에서 대학 생활을 하는 나에게 턱없이 부족했다. 결국 나는 10대 시절 모아놓았던 세뱃돈이며 용돈을 곧 소진해버렸다. 그리고 (다른 모든 친구들 처럼) 아르바이트 구인 사이트에 들어가 적당한 일자리를 찾기 시작했다. 당시의 최저 시급인 3480원짜리 일자리들이 즐비한 가운데 시급 5000원을 준다는 아르바이트 자리가 유달리 눈에 띄었다. 나는 망설이지 않고 그 자리를 클릭했다.

인력 파견 전문 회사에서 올린 이 채용 공고에는 특급 호텔에서 조식 서빙과 룸서비스를 담당할 사람을 구한다고 적혀 있었다. 업무 시간은 새벽 6시부터 오후 3시까지였다. 시간표를 잘 짜면 오후에 수업을 들을 수도 있고, 주말에 쉴 수도 있으니 과외를 하거나 친구들과 술을 마시며 놀기도 좋을 것 같았다. '그래, 나에게 딱 맞는 최고의 자리를 찾았어.' 그것이 철저한 착각이라는 게 밝혀지는 데는 오랜 시간이 걸리지 않았다.

나는 여의도 인근의 한 호텔로 첫 출근을 했다. 로비를 통해 식당의 입구에 들어섰는데, 프런트를 보고 있던 정장 차림의 직원이 나를 알아보았다.

"알바?"

"네."

그는 나에게 손님들이 들어오는 입구로 들어왔다고 냅다 화를 냈다. 직원들은 반드시 주차장 쪽 직원 통로를 이용해야 한다고 했다. 그가 누군가를 호출했고, 아마도 그의 후배인 듯한 직원이 황급히 나를 지하로 데려갔다. 리모델링을 해 휘황찬란한 대리석으로 뒤덮여 있던 외관과는 달리, 지하 주차장과 연결된 직원 통로는 십수 년 전의 낡은 모습 그대로였다.

직원 통로를 따라 나오면 룸서비스용 카트가 여러 대 주차된 공간이 있었고, 그 너머에는 커다란 선반이 잔뜩 놓인 식료품 창고가 있었다. 이 모든 장소는 모두 몹시 낡아 있었다. 문이며 벽 같은 데에 작은 구멍 같은 게 있어서 선배에게 이게 뭐냐고 물어보니, 쥐가 지나다니는 구멍이라고 했다. 밀가루 창고에서 쥐가 자주 출몰한다고 했다. 쓸데없이 말이 많아 보이는 나의 (정규직) 사수 호텔리어는 나보다 여덟 살 많은 남자였는데, 호주에서 호텔 학교를 나왔다고 했다. 그는 내 이름도 묻지 않고 '견습'이라는 단어가 쓰인 이름표를 주며 간단한 규칙과 익혀야 할 표현을 가르쳐주었다.

"알바야, 외국인 방에 룸서비스 갈 때는 딱 두 단어만 기억하면 돼. 땡큐, 룸서비스."

들어갈 때도 나갈 때도 그 말을 앵무새처럼 반복하면 된다고 했다. 나는 (다년간의 미드 시청으로 인해) 영어로 간단한 생활 회화 정도는 할 수 있었지만, 굳이 그 사실에 대해서 말하지는 않았다. 그들에게는 내가 영어를 잘하든 말든, 대학을 다니든 말든, 어디에 살든 그 무엇도 중요한 것 같지 않아 보였고, 나는 아무것도 못 하는 척하는 게 사회생활에 유리하다는 것을 알 정도의 눈치가 있기는 했다.

당시 내가 살았던 명륜동에서 여의도까지는 버스로 50분 남짓이었다. 나는 매일 새벽 4시 50분쯤 일어나 5시 7분쯤 첫차를 타고 호텔에 갔다. 이른 시간임에도 불구하고 가끔 자리에 앉지 못했다. 새벽 5시에도 그토록 많은 사람들이 일을 하러 나간다는 사실에 놀랐다. 탈의실에서 유니폼을 갈아입다 말고 종종 울었다. 그 시절, 조도 낮은 조명과 따뜻한 공기에서 특별히 울기 좋다는 사실을 배웠다.

여의도 근처에 위치한 호텔인지라 방송계 인사들이 중식을 해결하러 오는 경우가 왕왕 있었다. 나는 대리석 기둥 앞에 물병을 들고 가구처럼 서서 PD며 기자들의 얘기를 훔쳐 듣는 낙으로 일했다. 한 유명 아나운서도 단골손님 중 하나였다. 주방에서도 들릴 만큼 목소리가 크고 또렷하네, 했을 정도로 그를 기억하고 있다. 텔레비전에서 보는 것과는 달리 그들은 매우 격조 없게 말을 했고, 곧잘 욕설을 했다. 그게 신기하지는 않았다.

조식 시간이 끝나면 객실 층을 돌며 룸서비스 그릇들을 수거해 왔다. (손님들에게 보여지는) 청소용 카트가 신식 전자 카트였던 반면, 내가 미는 룸서비스용 카트는 낡고 오래된 나무 카트였다. 스무 장도 넘는 그릇을 가득 채운 카트를 밀면 허리가 뻐근했다. 트레이에 담긴 음식들은 모두 고가였으나, 그릇을 수거할 때 보면 완벽한 쓰레기처럼 보였다. 나무 손잡이를 잡고 밀다 보면 어느새 손바닥에 나무 가시가 박혀 있곤 했다. 탈의실 로커에 둔 바늘은 손에 박힌 가시를 뽑는 데 제격이었다.

"땡큐, 룸서비스."

평소처럼 아메리칸 브랙퍼스트 세트가 담긴 트레이를 든 채 두 단어를 외쳤다. 곧 청년과 중년의 기로에 놓인 듯한 얼굴의 백인 남성이 샤워 가운을 입은 채 밖으로 나왔다. 그는 미국식 악센트가 선연한 영어로 내게 물었다.

"Thanks. What's your name?"

"아임 영."

"Haha. Hi young. You look so young."

"커즈 아임 영."

"Oh, Your English is so good."

뭐 어쩌라고. 그는 한국 사람들은 보통 영어 실력이 엉망인데, 어째서 영어를 할 줄 아는지 물어봤고, 나는 별로 할 말이 없어서 '교육을 받았기 때문'이라고 짧게 대답했다. 그 뒤로도 자꾸 말을 걸어서 되지도 않는 영어로 대충 몇 마디 대꾸를 해주었다. 18달러짜리 아메리칸 브랙퍼스트 세트를 시킨 그는 내게 50달러짜리 지폐 한 장을 주며 거스름돈을 가지라고 했다. 고맙다고 고개를 숙이는 내게 그는 "Always be young"이라고 말했다. 운수가 좋은 날이었다. 그날 나는 내 일급에 준하는 돈 32달러를 주머니에 넣은 채 집으로 향했다. 해가 중천에 떠 있었고, 나는 명백히 나이에 비해 노후한 얼굴로 하숙집의 공용 욕실에서 샤워를 했다. 반지하의 어두운 욕실 조명 아래에서 보기에도 나는 또래보다 훨씬 피로해 보였다. 수챗구멍에 누구의 것인지 알 수 없을 털들이 휘감겨 있었다.

그 순간 갑자기 미국에 가고 싶어져버렸다.

Always be young

이 32달러를 쓸 수 있는 곳을 찾아 떠나자, 하고 마음을 먹자 대입에 실패한 후 미국으로 도피 유학을 떠난 친구며, 선교를 하겠답시고 미국에 가버린 목사 외사촌 형이 갑자기 떠올랐다. 당시 달러 환율은 930원이었다. 나는 휴학계를 냈다. 어차피 첫 학기 공부를 다 망쳐 학사경고를 받은 터였다. 나는 6개월 동안 호텔을 다니며 모아놓은 돈과 엄마 몰래 빼돌린 등록금을 들고 미국행 비행기를 탔다. (도피 유학을 떠난) 친구가 살고 있는 뉴욕의 하숙집에서 얹혀살기로 했다. 하숙에서 하숙으로, 하수구에서 하수구로 넘어갔다고 봐도 좋을 만한 삶이 계속됐다. 크리스마스를 뉴욕에서 보냈다. 인파를 뚫고 록펠러센터 앞의 트리를 봤다. 밤새워 놀고 난 뒤, 매디슨스퀘어가든에서 10달러가 넘는 거금을 들여 쉑쉑버거를 사 먹었다. 이틀 치 생활비와 맞먹는 큰돈이었지만, 나 자신에게 주는 크리스마스 선물이라고 합리화했다. 패티에서 피가 뚝뚝 떨어져 입을 닦으며 버거를 먹었다. 전에는 한 번도 겪어보지 못했던, 너무나도 황홀한 맛이었다. 앞으로 인생에 좋은 일이 있을 때마다 꼭 쉑쉑버거를 먹어야지 결심했다.

당연히 좋은 일 같은 건 없었다.

그 무렵 월스트리트발 서브프라임 모기지 사태가 벌어졌다. 나와 같은 하숙집에 살던, 컬럼비아 대학을 다니는 형의 말로는 전 세계가 아수라장이 될 거라고 했다. 그럴까, 싶었는데 정말 그랬다. 환율이 치솟았고 준비해 간 돈이 모두 떨어졌다. 시급 5000원에다 팁 몇 푼을 모은 것에 불과한 돈으로 오래 버틸 수 없는 건 당연하잖아, 하는 마음이 들었다.

나는 한국으로 돌아왔다. 반쯤은 자의였다고 봐도 좋을 것 같다. 토익 시험을 보고 카투사에 지원했으나 추첨에서 떨어졌다. 광화문에 사람들이 몰려들었다. 인파를 가로막는 컨테이너 박스가 세워졌다. 한국에 돌아온 나는 다시 대학생이 되었고, 어떤 것도 쉽게 긍정할 수 없는 성격이 되어버렸다. '노동'이나 '최저 시급'이라는 단어를 생각하면 곧잘 공교로운 마음이 들곤 했다.

브라운아이드걸스의 〈아브라카다브라〉가 전국을 강타할 무렵, 나는 군대에 갔다.

군대에 다녀오고 나서는 집안 사정이 조금 나아졌다. 다 쓰러져가던 아빠의 사업체가 그나마 많이 복구되었고, 나는 비교적 여유로운 환경에서 대학을 다닐 수 있게 되었다.

2012년 여름, 나는 한 마케팅 회사의 인턴십 프로그램에 합격했다. 인턴십 프로그램의 경쟁률은 300:1이 넘었고, 총 10명의 대학생이 뽑혔다. 그들 중 대부분은 마케팅이며 광고에 대한 환상을 가지고 있었다. 우리 중 우수 활동자를 뽑아 공채 때 서류 전형을 면제해주겠다고 했다. 그곳에서 나는 인턴이 할 수 있을 법한 온갖 종류의 잡무를 다 했는데, 주로 사람들에게 아쉬운

소리를 하거나 뭔가를 들고 나르는 일이었다. 당시 내가 한 달에 받았던 돈은 80만 원 남짓. 환산해보면 당시의 최저 시급인 4580원이 채 되지 않는 돈이었다. 그 돈을 받고서도 나와 다른 동료들은 모든 일을 과도한 열정으로 해냈다. 노력이나 열정, 지성이나 경쟁이 전혀 필요하지 않은 일이었음에도 말이다.

2013년, 나는 첫 직장에 들어갔다. 신사동 근처에 위치한 한 잡지사였는데 역시나 수백 명의 지원자들을 뚫고 합격한 것이었다. 출근 첫날부터 과도하게 추운 사무실과 그보다 더 차가운 선배들의 분위기에 놀랐다. 나와 내 동기는 한 달에 100만 원이 되지 않는 돈을 받고 일을 했다(선배는 "우리는 수습 때 교통비도 받지 않고 일했다"며 "고마운 줄 알라"고 말했다). 나와 내 동기는 낮이며 밤이며, 기사를 쓰고 취재를 하며 끊임없이, 정말이지 끊임없이 혼났다. 마감 때는 밤을 지새우기 일쑤였으며, 때로는 주말 출근도 불사했다. 당연히 최저 시급의 발끝에도 미치지 못하는 돈을 받고 있다는 것을 알고 있었다. 당초에 약속했던 수습 기간은 3개월이었는데, 6개월로, 10개월로 점점 기한이 늘어났다.

"수습 기간은 너희가 얼마나 잘하느냐에 달려 있어."

편집장이 우리에게 입버릇처럼 했던 말이다.

6개월이 채 지나지도 않아 나의 동료는 원형탈모증을 얻게 되었고 나는 회사를 그만두었다.

이후로 나는 광고 회사와 컨설팅 회사에 다녔다. 얼마간은 좋고 또 얼마간은 나쁜 직장이었다. 그 후 나는 미련 없이 문예창작과 대학원에 입학했다. 대학원에서도 나의 노동은 끝나지 않았다. 학자금 대출을 받아 다니기 시작한 대학원 생활이 녹록할 리 없었다. 나는 교내의 한 센터에서 역시나 최저 시급에 약간 못 미치는 금액을 받으며 반일제 조교로 일했다. 직책은 교육 조교. 외국인 교원과 학생들 간의 커뮤니케이션을 도와주는 것이 내 주된 업무였다. 봉급은 적었지만 일은 힘들지 않았다. 조금이라도 영어를 쓸 수 있는 환경에 놓인 것이 좋았고, 업무가 없을 때면 소설을 쓸 수 있어서 만족스러웠다.

그러던 어느 날, 나에게 곧잘 반말을 섞어 쓰던 교직원이 내 이름을 불렀다. 자신의 이름으로 된 카드를 쥐여주며 날씨가 더우니 사무실 직원들이 먹을 아이스크림을 사 오라고 했다. 나는 아이스크림을 사 오는 일은 내 업무 영역의 밖인 것 같다고 말했다. 나에게 심부름을 시킨 교직원은 몹시 분해했으며, 다음 날 나는 센터 차장의 호출을 받았다. 조교라는 직책에 대해 뭔가 오해가 있는 것 같다고 했다. 차장의 말에 따르면 조교는 그냥 시키는 모든 일을 다 하면 된다고 했다. 나는 그 말에 동의할 수가 없다고 말했다.

그다음 날 나는 센터장실에 불려 갔다. 센터장이 내게 물었다.

"아이스크림을 사 오라는 게 뭐가 그렇게 기분이 나

쁜 건데?"

나는 화가 난 게 아니며, 그저 그 일이 내 업무 영역 밖이라고 생각해 이행하지 않았을 뿐이라고 대답했다. 그는 내게 상명하복의 정신이 부족하다고 했다. 조교로 뽑힌 첫날, 센터장이 나를 자신의 방에 불러다 놓고, 대학 시절부터 교수가 된 지금까지도 쭉 노동운동에 힘쓰고 있다고 자랑스레 말했던 게 떠올랐다.

상명하복이라.

적어도 그가 생각하는 '노동자'의 정의에 나는 포함되지 않는 것 같다는 생각을 했다.

간신히 대학원을 수료했으나, 바로 등단을 하지는 못했다. 2016년, 나는 광화문에 있는 한 회사에서 최저 시급인 6030원을 조금 웃도는 봉급을 받으며 계약직 사원으로 일하기 시작했다. 이전보다 나을 게 없는 노동 환경이었으나, 이전보다는 한결 견디기 수월하다는 생각이 들었다.

그해 여름, 나는 운 좋게 등단을 했다. 다행히 청탁을 계속 받았고, 끊임없이 원고를 썼다. 약속된 돈을 따박따박 받았지만 생활을 하기에는 턱없이 모자랐다. 계약직 사원의 삶은 계속해서 이어졌다.

2019년, 최저 시급은 8350원. 나의 월급은 여전히 최저임금 언저리인데, 내 몸은 스무 살 때에 비해 30킬로그램이나 더 쪄버렸다. 매일 운동을 하지만 살은 빠질 생각을 않는다. 신문은 연일 높은 임금 때문에 기업과 음식점들이 다 망해간다는 기사를 쏟아내고 있었다. 나는 매일 아침 5시에 일어나 출근하기 전까지 서너 시간 동안 글을 쓰고, 9시부터 6시까지 일을 하며, 집에 와서 쓰러져 자는 생활을 반복했다.

원고를 쓸 때마다, 고료가 입금될 때마다 마치 텅 빈 우주에 한 줌의 먼지가 된 것처럼 공허한 마음이 들고는 한다. 그래도 아직은 젊으니까 다행이야, 하는 생각을 하며 나를 달랜다. 그럴 때면 문득 스무 살의 그 어느 날 샤워 가운을 입은 채 내게 "Always be young"이라고 말했던 미국인을 떠올리게 된다.

그리고, 쉑쉑버거.

버거를 다 먹은 뒤 입안에 치즈 프라이와 밀크셰이크를 털어 넣는다. 소금이 묻은 손가락을 쪽쪽 빨아봐도 허기가 가시지 않는다. 이러니 살이 안 빠지지. 아무리 생각해봐도 예전보다 양이 좀 준 것 같다. 역시나 인생에 좋은 일 같은 건 별로 없다. 좀체 실망하거나 놀라지 않는 성격이 되어버려 다행이라는 생각을 하며 자리에서 일어났다.

07

내가 선택한
삶이라는 딜레마

*

나는 인생의 중요한 선택에 직면할 때마다 충동적으로 결정을 내려버리는 습관이 있다. 대학 원서를 쓸 때도, 학과를 결정할 때도, 첫 직장을 구할 때도 나는 언제나 내가 계획하거나 예상한 것과는 판이하게 다른 선택을 해왔다. 다른 모든 성급한 결정이 그렇듯, 나의 선택은 언제나 후회를 동반했다. 나이가 들수록 그런 선택이 줄어든 것은, 아무리 한심한 나일지라도 학습효과라는 게 있어서 충동적인 결정 이후에 무너지는 일상을 복구하는 데 엄청난 시간과 노력이 든다는 것을 깨달았기 때문이다.

깨달았다고 생각했던 것은 물론, 착각이었다.

그날도 평소와 아무 다를 바 없는 하루였다. 다시 말해, 마감이 임박한 원고가 있었고, 나는 새벽 5시쯤 일어나 눈을 감은 채 샤워를 했고, 정장 바지처럼 생겼지만 실은 고무줄 밴드로 되어 있는 '감탄팬츠'를 입은 채 회사 앞 카페에 들어갔고, 샷 추가된 아메리카노에 말린 고구마를 먹으며 글을 쓰기 시작했다. 내가 무엇을 쓰고 있는지도 모른 채 그저 손가락이 가는 대로 계속해서 뭔가를 썼다. 또 어김없이 오전 9시가 되어 사무실로 올라간 나는 엑셀을 켜고 연신 하품을 하며 모니터를 바라보았다. 사무실 비품 구매비로 내가 기안을 올렸던 인스턴트 블랙커피를 타 마시며, 갈수록 이가 누레지는 것 같은 기분에 사로잡혀 10시 반쯤 화장실에 가 칫솔질을 했고, 화장실 거울 귀퉁이의 깨진 부분을 보며 내가 도대체 몇 번이나 이 거울 앞에 섰더라, 생각해보았다.

기억나지 않았다.

다시 사무실에 돌아와 내 자리에 앉았을 때, 내 뒤에 앉은 최 차장이 갑자기 내 어깨를 톡톡 두드렸다. 고개를 돌리자 최 차장은 내게 손바닥만 한 핑크색 박스 하나를 건넸다. 박스에는 다이어트와 지방흡입으로 유명한 의료 체인의 로고와 살구색 인절미같이 생긴 캐릭터가 그려져 있었다. '다이어트 차'라는 글자를 보자 나도 모르게 웃음이 풋, 하고 나왔다.

"차장님, 이게 뭔가요?"

"어디서 선물 받은 건데, 박 대리 먹어."

도대체 이런 걸 선물이랍시고 주는 사람은 누구일까. 아니, 그것보다도 사무실에 하고많은 사람 중 왜 하필 나에게 이걸 주는 걸까. 뭐 두 번 생각해볼 필요도 없이 내가 가장 살이 쪘기 때문이겠지. 호의에 감사해야 하는 건가. 웃을 일이 아닌 것 같은데 자꾸만 웃음이 나왔다.

생각해보니 내 두 번째 직장이었던 광고회사에서도 비슷한 일이 있었다. 당시 인턴이었던 내게 새 캠페인 경쟁 PT를 준비하기 위한 TF팀에 배치됐다는 연락이 왔다. 인턴사원에게는 좀체 없는 기회라 나는 뭐 내가 대단히 능력을 인정받아 그렇게 된 줄 알고 있었으나, 알고 보니 광고주가 (최 차장이 내게 건넸던 차의 브랜드이기도 한) 다이어트 전문 유명 의료 체인이었으며, 당시 사내에서 가장 살이 찐 사람이었던 내가 가장 풍부한 다이어트 정보를 알고 있을 것이라 사료돼 벌어진 일이었다. 당시에 나는 지금처럼 고도비만은 아니었고, 그저 평균보다 조금 더 살찐 수준에 불과했다. 그러나 야근은 필수요 주말 근무는 선택인 격무 중에도 다이어트를 하고 점심시간을 쪼개 피트니스 클럽에 다니는, '자기 관리'가 업무의 연장선이라고 믿어 의심치 않는 광고업계에서 내 몸매는 단연 교정이 필요한 대상이었다. 야심 차게 준비한 경쟁 PT는 실패로 끝났고, 20대의 나는 자본주의를 내 온몸으로 배운 뒤 회사를 떠나게 되었다.

나는 일단 형식적으로 최 차장에게 감사하다고 말한 뒤, 박스를 뜯었다. 박스 안에는 길쭉한 스틱이 수십 개 들어 있었다. 나는 박스에 적힌 대로 컵에 찬물을 받은 후 스틱을 뜯어 분말을 털어 넣었다. 곧 투명했던 물이 분홍색으로 변했다. 굉장히 인공적인 빛깔이라는 생각을 하며 맛을 보았는데, 달았다. 그대로 쭉 들이켜보았는데 예상보다 더 작위적인 방식으로 달고, 시고, 약간은 텁텁한 맛이 났다. 디저트로 이 차를 마신다고 해서 별로 달라질 게 없다는 걸 알면서도 나는 달고, 시고, 약간은 텁텁한 맛이 나는 시원한 차를 계속해서 홀짝홀짝 마셨다. 신나게 차를 마시다 보니 괜히 최 차장에게 더 짜증이 나는 것 같기도 하고, 이거 정말 인권위에 신고할 수도 있는 거 아니야? 싶다가 그래도 공짜로 받은 것치고는 먹을 만하다는 생각이 들어서 참기로 했다. 하긴 안 참으면 뭐 어쩔 건데. 생각에 생각을 거듭하다 보니 기분 나쁜 마음은 슬그머니 사라지고 심지어 고마운 마음마저 들기 시작했다. 그래도 날 생각해서 준 선물이기는 하니까….

나는 왜 상대방의 의도와는 상관없이, 또 나의 처지와는 상관없이 누가 나에게 아주 작은 호의라도, 무엇이라도 베풀어주기만 하면 고마워하는 걸까. 어쩌면 생각보다 오랜 시간 동안 내가 타인과의 교류를 단절한 채 지내왔기 때문일 수도 있겠다. 이 때문에 관계의 아주 작은 실마리라도, 티끌만 한 호의라도 대단하게 받아들이는 건 아닌지. 그러고 보니 내가 지금의 회사에 다닌 지도 어느덧 만 3년이 지나 있었다. 그동안 외적인 변화(이를테면 살이 찐 것)도 그렇지만 뭔가 본질적으로 내가 변해버린 것 같다는 생각이 들었다.

3년 전, 스물아홉의 나이에 나는 이 회사에 들어왔다. 그해 여름 나는 운 좋게 등단했고 작가라는 꿈을 이루었다. 주변에 나보다 먼저 등단을 한 친구들이 많았기 때문에, 작가가 된다고 해도 뭐 거창한 비단길이 펼쳐지지 않는 것쯤은 알고 있었다. 청탁이 없어 아예 개점휴업 상태의 작가들이 많다는 사실도 익히 들어왔다. 다행히 나는 등단하고 나서 원고 청탁이 이어져, 계속 글을 쓸 수 있었다. 매일 열심히 글을 썼음에도 서울

시내에서 홀로 살아가는 나의 생활비를 충당할 정도의 돈은 벌리지 않았다. 글을 써서 먹고살 수 있을 정도가 되면 미련없이 회사를 그만두자고 마음먹었지만 그런 일은 없었다.

벌써 내 인생 네 번째 회사였다. 앞서 다녔던 세 회사는 모두 업무의 형태도, 고용 방식도, 연봉도 달랐다. 새 직장을 구할 때는 언제나 이전 직장보다 나은 조건, 나은 환경을 찾았다고 생각했으나 매번 1년을 채우지 못하고 모든 일을 그만두곤 했다. 이번 회사에서 가장 오래 버틸 수 있었던 것은 순전히 출퇴근 시간을 칼같이 지킬 수 있기 때문에, 그러니까 글쓰기를 위해서였다. 그런데 만 3년 동안, 책 두 권 분량의 글을 쓰면서 나의 아주 많은 것들이 변해버렸다.

최근 몇몇 신문 인터뷰에서 이런 나의 생활(새벽 5시쯤 일어나 두세 시간쯤 작업을 하고 출근을 한다는 것)을 고백했을 때, 나의 성실성이나 의지 같은 것을 높게 평가하는 사람들의 피드백을 보며, 심지어는 나로 인해 반

성까지 하게 됐다는 댓글을 보며 나는 당혹스러운 기분을 느꼈다. 나는 성실하지 않으며 내 생활은 건강하지 않다. 저녁에 집에 들어가면 나는 샤워도 하지 않은 채 쓰러지듯 침대에 누워 멍하니 넷플릭스나 텔레비전을 보다 잠든다. 해야 할 빨래는 잔뜩 밀려 있고, 집은 점점 더 쥐굴같이 변해가며, 온몸에 염증이 늘어가고, 살이 찌는 것은 말할 것도 없다. 나는 다 쓴 치약을 쥐어짜듯이 하루하루를 버티고 있을 뿐, 계획적으로 성실하게 하루를 살아가고 있는 것이 아니었다.

다만 나는 매일 무너져 내리고 있었다. 나는 작가가 되었고, 내 책을 가지게 되었고, 내 글을 실을 지면을 얻게 되었으나, 나 자신의 감정을 조절하거나 나의 일상을 가꾸는 방법, 내가 나를 내 뜻대로 움직일 수 있다고 생각했던 믿음을 완벽하게 잃어버렸다.

내가 아는 작가 대부분은 두 개의 직업을 가지고 있다. 전업 작가들도 거의 직장 생활에 준하는 굉장히 바쁜 스케줄 속에서 살아가고 있다. 가정을 가지고 육아를 하며 글을 쓰는 사람도 많다. 나는 내가 그럴 수 있는 사람이라고 생각했다. 글을 쓰면서도 다른 일들을 저글링하듯 요리조리 굴리며, 삶의 조건들을 적절하게 조절하며 요리할 수 있는 그런 사람. 그것은 철저한 착각에 불과했다.

도저히 버티기 힘든 날이면 그런 생각을 했다. 이 모든 것은 내가 선택한 삶이며, 나는 오랫동안 꿔왔던 꿈을 이룬 사람이라고. 그러니까 나는 오롯이 내 선택에 의해, 아무도 시키지 않은 지금의 이 삶을 살고 있다고.

그렇게 생각한다고 해서 달라질 건 없었다. 모니터 앞의 나는 여전히 구부정하게 앉아 거북목을 한 채 엑셀의 빈칸을 채우며 더 이상은 견딜 수 없다는 감정 속에서 살아가고 있었으니까. 분홍색 다이어트 차를 다 마시고 난 후, 나는 자리에서 일어났다. 그리고 뒤돌아 사무실의 가장 구석진 자리 쪽으로 걸어갔다. 한 발짝 한 발짝 앞으로 내디디면서도 나는 내가 후회를 할 것

이라는 사실을, 아니 지금 이 순간 이미 후회하고 있다는 사실을 알고 있었다. 그래도 어쩔 수 없었다. 팀장은 돌이 박힌 지압 슬리퍼를 벗은 채 의자 위에 양반다리를 하고 앉아 있었다. 그의 책상 위에 놓인 종이컵 안에는 가래침이 뱉어져 있었다. 나는 그것을 흘끗 보며 그의 뒤통수에 대고 말했다.

"팀장님, 저 퇴사하겠습니다."

내 인생 네 번째 퇴사였다.

08

그토록 두려웠던 일이 벌어지고야 만, 그날

*

퇴사 의사를 밝힌 뒤, 표면적으로 달라진 것은 별로 없었다.

다들 이전과 다를 바 없이 나를 대했으며, 이따금 동기나 후배 사원들이 "박 대리님 부럽습니다" 정도의 피드백을 건넬 따름이었다. 가장 먼저 나의 작가됨(?)을 발견한 동료 사원 A도 갑자기 귀에다 대고 "저도 조만간 그만두려고요, 형"이라고 너무 친숙한 사이인 것처럼 얘기를 해서 나를 조금 부담스럽게 만들기도 했다. 그럴 때면 나는 언제나처럼 약간은 쑥스러운 듯한 미소를 지으며 "이제 먹고사는 일이 걱정이네요"라고 괜히 앓는 소리를 하며 칼같이 선을 그었다.

실은 먹고사는 문제는 별로 걱정되지 않았고 (지난 3년간 저축해놓은 돈과 퇴직금, 뭐 하다못해 알바라도 하면 입에 풀칠은 하겠지, 어떻게 살아도 지금보단 낫겠지, 하는 안일한 믿음에서?) 단지 하루라도 빨리 이곳을 떠나고 싶다는 마음뿐이었다. 나에게 다이어트 차를 건넸던 최 차장도 슬렁슬렁 내 자리로 다가와 티끌만큼의 업무를 배당해주며 말했다.

"대충해도 돼, 박 대리."

"네, 감사합니다."

"근데 너 회사 그만두고 앞으로 뭐 할 거야? 그냥 글 쓰며 살 거야?"

"네? 무슨 말씀을…."

"너 작가라며, 우리 다 알아!"

뭐야, 어떤 주둥이가 또 나불댄 거야! 정말 모두 다 알고 있던 거였어? 그런데도 내 삶에는 아무런 변화가 없었고? 지난 3년간 안간힘을 다해 숨겨온 것치고는 꽤나 맥 빠지는 결말이구만. 더 숨겨서 뭐 하겠냐는 생각이 들었고, 갑자기 모든 게 아무 상관 없다는 열반의(?) 경지에 도달하고야 말았다. 나는 가벼운 어조로 차장에게 답했다.

"네. 글 써서 네이버에 연재도 하고 돈도 벌고 그러려고요(물론 네이버에서는 내 존재조차 모르겠지만)."

최 차장은 "와, 멋지네. 대단하네. 파이팅 해"라며 역시나 맥 빠지는 리액션을 하고는 자신의 자리로 홀연히 돌아갔다.

그가 떠나고 난 후 이상하게 나른한 안도감이 들었다. 역시 별것도 아닌 일이었다. 어쩌면 내가 그토록 두려워했던 것은 작가인 것이 밝혀지는 게 아니라, 작가라는 것이 밝혀지고 나서도 계속해서 매일 같은 얼굴을 마주해야 하는 상황일지도 몰랐다. 내가 아는 누군가가 내 글을 읽고, 나를 파악하고, 나에 대해 궁금해하고, 내가 그것에 관해서 설명해야 하는 그런 상황이 올까 봐.

이건 조금 웃긴 일이라고도 볼 수 있는데, 나는 모르는 사람들 앞에서는 내 글을 소개하거나 설명하는 것을 어려워하지 않는다. 오히려 내성적인 경향이 있는 대부분의 작가보다 더욱 적극적으로 나와 나 자신에 대해 알리고 다니는 편이다. SNS 계정은 홍보용으로 공개되어 있으며, 독자들과 피드백을 주고받는 데 적극적이고, 첫 책을 내고 난 후에 전국팔도의 도서관이며 서점으로 하도 행사를 다녀서 '문단의 송가인'이라는 별칭까지 붙을 지경이었다(물론 벌어들이는 수입에 있어서는 천문학적인 차이가 난다). 그런 성격을 가진 주제에 나를 아는 사람, 내가 매일 얼굴을 마주해야 하는 사람들에게는 절대로 내 글을 읽히고 싶지 않다는 마음이 가당키나 한 것일까? 나를 모르는 많은 사람에게 내 글을 읽히고 싶은 욕망과, 나를 아는 사람들에게 나 자신을 숨기고 싶다는 욕망. 이 두 가지 모순된 욕망 사이에서 갈팡질팡하며 나는 지난 3년간 조금씩 나 자신을 고독하게 만들어왔다. 온몸으로 과잉된 자의식을 내뿜으며 말이다. 됐다, 됐어. 이제 와 다 무슨 소용인가 싶어 끊임없이 이어지는 생각의 고리를 멈추기로 했다. 그것이야말로 내가 가장 잘 못하는 일이기는 하지만….

배당받은 업무를 반나절 만에 다 해치워버리고 나니 원인 모를 공허감이 찾아들었다. 시원하게 사표를 쓸 때만 해도 뛸 것 같은 기분이었는데, 후련해 죽을 것 같았는데, 날짜가 지나갈수록 스멀스멀 불안이 밀려왔다. (퇴직금을 정산받을 수 있는) 퇴사 시점까지 한 달 정도의 시간이 남은 것도 내게는 독이었다. 그간 원고 마감이나 지방 행사를 위해 연차를 다 소진해버리기까지 해서 꼼짝없이 근무 일수를 다 채워야 했다. 다 내가 자초한 일이니 뭐 어쩌겠는가.

불안과 나른한 공허를 이기기 위해 나는 내가 가장 좋아하는 일인 '무계획한 계획 세우기'를 실시했다. 마치 초등학생들이 방학이 시작할 때마다 만드는 것과 같은 실현 가능한 목표가 1할, 현실이 될 가능성이 없는 계획의 비율이 9할 정도 되는 그런 목록. 이를테면 이런 것들이다.

① 근손실을 방지하며 건강하게 살 빼기

(마치 손실될 근육이 있다는 듯한 뉘앙스로 써놨다)

② 미술관 일주일에 한 번씩 가기

(그리고 꼭 인스타그램에 올리기)

③ 그동안 미뤄온 영화와 드라마 다운받아 보기

(이것은 100퍼센트 실현 가능한 목표)

④ 일주일에 두 권 이상 소설책 읽기(펙이나)

⑤ 일주일에 한 권 이상 시집 읽기(펙이나 222)

⑥ 치과 가기

⑦ 건강검진 받기

한 30대 남성의 (건강과 문화예술에 대한) 집착과 욕망을 총망라한 슬픈 목록이 그렇게 완성되었다. 나는 계획에 완벽을 기하기 위해 지금까지 체결해놓은 모든 출판 계약서를 꺼내서 해당 계약의 출간 시기와 다음 단편집에 수록될 소설의 목록, 장편소설 연재 시점, 에세이의 주제와 제목 같은 것을 엑셀 파일로 정리했다. (엑셀 6년 차의 실력을 마음껏 발휘해) 연별, 월별 계획을

작성한 후 색깔별로 중단기 목표를 구분해놓기까지 하니 이상하게 마음이 안정되는 기분이었다. 정말 너무 완벽해. 이렇게만 된다면 나의 30대, 너무나도 알차겠구나. 한 10분쯤 몹시도 뿌듯하다 다시금 찾아드는 공허감.

어느덧 퇴근 시간이 다가왔고, 나는 여느 때처럼 6시 종이 치기 무섭게 자리에서 일어났다. 평소와는 달리 가방이 두툼했는데, 그 속에는 여름에 입는 퇴근용(?) 반바지 한 벌과 페브리즈가 담겨 있었다. 책상 서랍에 박혀 있는 온갖 잡동사니 중 압도적으로 쓸모가 없는 두 가지의 아이템이 가방에 담겼다. 한꺼번에 짐을 다 들고 가면 무거울 것 같아서 하루에 한두 개씩 집으로 옮기기로 마음먹었다. 이렇게 차근차근 책상 서랍을 비우는 재미로 하루하루를 버텨야지. 오늘은 기분이 조금 환기된 김에 헬스장에 가볼까 생각도 했으나 가방이 무거워(?) 얼른 집으로 향하기로 결정했다.

집으로 들어와 대충 짐을 풀고 씻지도 않고 침대에 누웠다. 저녁을 먹고 들어왔음에도 이상하게 또 찾아드는 허기. 이 배고픔은 진짜 배고픔이 아니라 단순히 정서적인 공허라는 것을 나는 너무나도 잘 알고 있었다. 언젠가 마약이나 알코올중독을 다룬 책(책에서는 그것을 의존이라 표현했다)을 읽은 적이 있는데, 의존증 환자들이 겪는 증상이 야식을 시키기 전의 내 심리 메커니즘과 대단히 닮아 있어 놀랐던 적이 있었다.

태초에 사념들이 있었다. 그러니까, 끊임없이 이어지는 생각들. 어릴 적에는 생각이 많고 다방면의 고민을 하는 게 객관적이고 합리적인 사고능력이라고 믿었다. 지금은 끊임없이 이어지는 생각의 끝에는 언제나 자괴감이 자리하고 있다는 사실을 잘 알고 있다. 생각은 인간을 외롭고, 공허하게 만든다.

나는 여느 때처럼 손바닥과 등줄기가 간질간질한 기분에 사로잡혀 배달 앱을 켰다 껐다 했다. 그러나, 오늘은 평소와는 조금 다른 선택을 하기로 마음먹었다. 새 인생이 밝아올 내일을 위해, 그러니까 색색의 엑셀 파일로 간결히 정리될 만한 미래를 위해, 오늘 밤은 굶고 자…지는 못하고 그래도 조금 가벼운 식사로 대체해보자고 말이다. 나는 냉장고에 쟁여놓은 플레인 요구르트를 꺼내 먹으며 빠르게 포만감을 느꼈다. 그래, 오늘은 성공한 거나 다름없어. 괜히 뿌듯한 기분을 느끼며 세수까지 하고 침대에 누웠다. 앞으로 이런 방식으로 보람찬 하루하루를 쌓아가면 된다고 생각하니, 괜히 남은 내 인생에 비단길이 깔려 있는 것만 같았다. 앞으로 내게 펼쳐질 무시무시한 일들에 대해서는 전혀 알지 못한 채 말이다.

09

누구에게나 불친절한 김 반장

*

내가 퇴사를 선언한 지 열흘도 지나지 않아, 급작스럽게 회사에 인사이동 발표가 났다. 예상치도 못한 몇몇이 승진을 하거나 좌천을 당했다. 내 자리를 대체할 근무자도 발령이 났다. 나로서는 별 관심도 없는 일이었고, 타 팀에서 근무하던 대리나 얼마 전에 뽑은 신입사원이 들어오겠거니 생각했다.

그런데 예상과 달리 우리 사무실의 문을 열고 들어온 이는 얼마 전 정년퇴직을 맞아 월례조회 시간에 30년 근속 공로상까지 받았던 옆 팀의 김 부장이었다. 멀쩡히 자기 발로 잘 나가놓고 도대체 왜 여기에? 의아한 표정을 짓고 있는 나와는 달리 다른 사람들은 이 사태를 예상한 듯 파티션 아래로 고개를 푹 숙이고 있었다. 김 부장은 배를 흔들면서 사무실에 들어와 팀장의 이름을 부르며 “민철아, 여기 사무실은 공기가 왜 이래?" 묻고는 신입에게 환풍기를 틀라고 지시했다. 오 대리가 김 부장을 내 옆 빈자리로 인도하며 말했다.

"이쪽에 앉으시면 됩니다."

김 부장은 아 그러냐, 대답하고는 내 옆의 빈 자리에 앉아 주섬주섬 뭔가를 꺼내기 시작했다. 도대체 무슨 재료로 만들었는지 알 수 없는 쿨방석이며, 모나미 볼펜 세 자루, 가죽 양장으로 만들어진 회사 다이어리…. 다이어리를 책꽂이에 꽂은 김 부장은 늘어지게 하품을 하며 의자 높이를 조절했다. 김 부장인지 아니면 김 부장이 끌고 온 사물인지 모를 어떤 지점에서 고릿고릿한 냄새가 풍기기 시작했다. (이제 보름 뒤면 영영 안 볼 사이니) 나는 노골적으로 불편한 티를 내며 탁상용 선풍기를 내 코에 갖다 댔다. 김 부장은 팔을 벅벅 긁으며 나 이제 무슨 일을 하면 되냐, 물어봤고 오 대리가 대답했다.

"옆자리의 박 대리가 인수인계를 해줄 겁니다."

아니 이게 무슨 뚱딴지같은 소리? 나는 옆자리의

A를 끌고 사무실 밖으로 나왔다. 사내에 존재하는 거의 모든 동호회를 다 섭렵하며 누구보다도 내부 사정에 빠삭한 그라면 뭔가를 알 것 같다는 생각에서였다. 과연 A는 이 모든 사태의 전말을 다 알고 있었는데, 사측에서는 사실상 가장 존재감이 미비하고 일종의 유배지나 다름없는 우리 경영지원팀에, 새로 뽑은 사원을 배치하는 것보다는 계약직 사원을 배치하는 게 낫다는 결론을 내렸다고 했다. 마침 정부에서 임금피크제며 노년일자리제도와 같은 종류의 정책을 권장하고 있어, 퇴직한 김 부장을 1년 11개월짜리 계약직 사원으로 다시 뽑았다고 했다. 그의 직책은 부장도 사원도 아니요, 애매하기 짝이 없는 '반장'이라고. 기존의 직책인 '부장'과 자음(즉, 비읍과 지읒)이 같다는 이유 때문일까? 내가 담당해왔던 구매 업무며, 회사 건물의 하자 보수나 허드렛일까지 총체적으로 담당하게 될 것이기 때문에 저런 애매한 직책을 새로 만들었다고 했다. "보름 동안 형이 똥 치운다고 생각하세요"라고 말하는

A의 입을 꿰매고 싶은 충동을 느끼며 나는 다시 자리로 돌아갔다.

김 부장, 아니 김 반장은 팀장과 차장의 이름을 부르며 민철아 여기 커피는 왜 이렇게 맛없는 걸 사놨냐, 재필아 나 이제 뭐 하면 되냐, 난리가 났다. 아무도 제대로 대답을 하는 사람이 없었고, 그 말인즉슨, 내가 이제 그의 말동무가 되어줘야 한다는 의미였다. 나는 예산이 모자라 가장 싼 커피믹스를 샀으며, 앞으로 사원들이 요청하는 물품을 최저가로 구매하고 기안을 올리시면 된다고(즉, 초등학생도 할 수 있는 지난 3년간의 내 업무를) 설명해주었다. "아 그러냐" 하고 대답한 김 반장은 일단 오래된 데스크톱을 켰다. 사내 업무 시스템에 로그인하는 것까지는 좋았으나, 그 후 10초 정도 모니터를 들여다본 김 반장은 키보드에 손을 올리지도 않은 채 "그런데 기안은 어떻게 올리는 거냐?" 물어 나를 경악하게 만들었다. 지난 30년간 그는 도대체 어떤 회사생활을 해왔던 것인가, 속으로 생각하며 나는 마치 걸

음마를 가르치는 부모가 된 기분으로 그에게 사내 시스템의 인터페이스를 하나하나 설명해주었다. 하나를 가르치면 하나를 까먹고, 둘을 가르치면 또 셋을 까먹는 김 반장 앞에서 나는 향후 보름 동안 '월급루팡'이 될 줄 알았던 나의 예상이 완벽히 틀렸다는 사실을 깨달았다.

김 반장은 칠순이 다 된 우리 고모도, 아빠도 문제없이 이용하는, 쇼핑 사이트의 최저가 검색조차 서툴렀다. 나는 김 반장 컴퓨터의 인터넷 브라우저에 유명 쇼핑 사이트를 메인 페이지로 설정해놓은 뒤, "주방 및 청소 비품은 이곳에서, 문구류는 이곳에서 사시면 됩니다"라고 (나답지 않게) 매우 친절하고 세세하게 설명했다. 물론 그는 듣는 둥 마는 둥 했다. 정말이지 이놈의 회사는 끝까지 나를 가만히 두지를 않는구나. 그래, 곱게 보내주리라 기대했던 내가 참으로 어리석었다. 그래도 여기까지는 업무의 영역이라 괜찮았다. 문제는 김 반장이 쉬는 시간을 운용하는(?) 방식이었다. 그는 한 시간마다 고함 같은 하품을 내지른 후, “누구 담배 피우러 갈 사람 없냐?” 하고 쩌렁쩌렁한 목소리로 외쳤다. 팀장과 차장의 이름을 차례차례 불렀지만, 당연히 아무도 대답을 하지 않았고, 결국에는 가장 만만한 나에게 함께 나가자고 했다(내 이름은 기억하지 못해 “야”라고 불렀다). 내가 담배를 피우지 않는다, 단호히 대답해도, 가끔씩 걷고 쉬고 그래 줘야 살도 빠진다며(그렇다면 당신의 배는 뭐로 설명할 작정인가요?) 사람을 슬슬 짜증 나게 만들었다. 어쩔 수 없이 옥상의 흡연실까지 끌려간 나는 어정쩡하게 그의 옆에 서서 핸드폰을 만지며 노골적으로 말을 걸지 말라는 제스처를 취했으나 그런 걸 알아들을 만한 사람이 아니었다.

“너는 퇴직하고 뭐 할 거냐?”

사무실 모두가 알고 있는 내 향후 거취를 전혀 모르는 그. 하긴 나 말고 누구도 그와 얘기하고 싶어 하지 않으니 당연한 일인지도 몰랐다. 나도 모르게 충동적으로 대답해버렸다.

“뉴욕에 가려고요.”

“뉴욕에 왜? 공부하러?”

“네, 뭐. 그냥 이것저것.”

그는 갑자기 나의 고향이며, 사는 곳을 묻더니 내가 살고 있는 동네가 자신이 고등학교를 다녔던 곳이라고 했다. 그리고 “우리 때는 말이야”로 시작하는 자기소개를 했는데, 당시에 명문이었던 K고등학교를 졸업한 그는 역시나 당시에는 명문이었던 인근의 대학에서 기계공학을 전공했으며, 졸업 후 유수의 중공업 기업에 취직해 전국팔도를 다 다니다 30년 전, 애를 낳고 서울에 있는 지금의 회사로 이직해 정착했다고 했다. 나는 아, 예, 그러시군요, 영혼 없는 대답을 했고, 그는 나에게 뉴욕에 갔다 와서는 뭘 할 생각이냐고 물었다. 별달리 할 말이 없었던 나는 대학원에 돌아가서 공부를 마치려고요, 대답했다(물론 거짓말이었다). 그는 자신이 회사에 다니면서 매일 두세 시간씩 자며 박사학위까지 마쳤다며, 박사논문을 쓸 때의 무용담까지 읊어주었다. 나는 기계적으로 고개를 끄덕이며 "정말 대단하십니다. 참 성실히 사셨네요"라고 대답했다. 잠시 후, 그가 들고 있던 종이컵에 담배를 구겨 넣으며 말했다.

"그게 다 무슨 소용이냐. 지금 이러고 있는데."

껄껄 웃으며 종이컵을 창턱에 올려놓은 김 반장은 뒤도 돌아보지 않고 계단으로 걸어갔다. 나는 그의 뒤통수에 대고 "여기다 버리시면 안 되는데…" 혼잣말처럼 중얼대다 그가 올려놓은 종이컵을 커다란 쓰레기통에 버렸다. 항아리처럼 생긴 쓰레기통에는 얼마나 오래됐을지 모를 꽁초들이 가득 쌓여 있었다.

자리로 돌아오자 김 반장은 여전히 결재 시스템을 가지고 씨름 중이었다. 그를 바라보다 문득 그의 나이쯤 되었을 때 나는 도대체 무슨 생각을 하며 잠이 들까, 궁금해져버렸다. 예순몇 살의 나도, 오늘 밤에는 굶고 자야지, 다짐을 할까? 서른몇 살인 지금의 내가 그렇듯.

나는 그의 옆에 앉아 최저가 물품을 검색하는 척 항

공권 결제 사이트를 켰다. 제주도부터 동남아, 호주, 유럽까지 마구잡이로 최저가 항공권을 검색하다 뭐에 씐 것처럼 빠른 속도로 결제를 했다.

30대의 어느 겨울, 나는 회사를 그만둘 것이며, 뉴욕에 갈 것이다.

10

너무 한낮의 퇴사

*

출근 마지막 날, 나는 아침 7시쯤 회사 앞 카페에 도착했다. 당장 급한 원고 마감이 없음에도 습관적으로 일찍 눈이 떠졌기 때문이다. 나는 집에서 들고 온 김금희 작가의 소설집 《너무 한낮의 연애》를 꺼냈다. 이미 몇 번이고 읽었던 책이지만 굳이 퇴사하는 날에 또 들고나온 것은, 소설 속 인물의 상황이 나와 썩 비슷했기 때문이었다. 표제작 〈너무 한낮의 연애〉 속 주인공 필용이 좌천의 개념으로 발령받은 팀의 이름이 바로 '시설관리팀'이었다. 팀에서 그가 하는 일이 내가 회사에서 하는 일과 거의 같은 걸 보고 괜히 웃음이 나왔다. 필용의 대학 시절 사랑이기도 한 양희는 서른몇 살이 된 지금까지도 정신을 못 차리고 연극 같은 걸 하고 있네? 예술이, 꿈이 뭐라고… 생각을 하다가 아이고 세상에, 이건 나잖아? 거의 CCTV로 내 일상을 비춰본 거나 다름이 없는데 그걸 뒤늦게 깨달았다는 게 괜히 웃겼다. 이런데 내가 공감을 안 할 수가 없잖아. 소설집 속 단편 서너 편을 연달아 읽고 나니 얼추 출근할 시간이 되었다.

기계적으로 컴퓨터를 켜고 자리에 앉은 나는 더 이상 내게 주어진 업무가 없다는 사실을 깨달았다. 가만히 앉아만 있으려니 왠지 눈치가 보여(심지어 이전에는 누구보다 눈치를 보지 않고 딴짓을 해놓고서는) 괜히 찾을 게 있는 것처럼 책상 서랍을 열었다. 그간 부지런히 짐을 옮겨둔 탓에 안에 든 것이라고는 (비품 창고에서 꿍쳐놓은) 네임펜 한 박스와 USB 포트에 연결해서 쓰는 탁상용 선풍기뿐이었다. 공교롭게도 그것은 금희 선배가 한 시상식에서 내게 건네준 선물이었다. 신기하게도 혹은 당연하게도 그건 당시의 내 일상에 꼭 필요한 물건이었고, 두 번의 여름을 이 연어색 선풍기로 시원하게 보냈다. 선배의 소설은 왜 선배처럼 다정할까. 아니 선배는 왜 선배의 소설처럼 다정할까. 나는 그다지 다정하지 못한 사람인데, 다정한 소설을 쓰긴 틀린 걸까…. 뭐 그런 생각을 하며, 남은 물건들을 가방에 슬며시 담았다. 이젠 뭘 하지 싶었는데, 마침 친한 형에게서 전화가 걸려 왔다. 나는 언제나처럼 주머니에 핸드폰을 넣은 채 화장실을 가는 것처럼 사무실 문을 열고 나와 복도의 끄트머리로 뛰어갔다. 뭔가 재밌는 일이 생긴 게 분명했다. 오전 시간에 뜬금없이 걸려 온 형의 전화는 언제나 그랬으니까.

끊어질 듯 절대 끊어지지 않는 전화를 붙들고 나는 보일러실 앞에 도착했다. 그리고 행여나 끊길까 두려워 얼른 전화를 받아 대답했다.

"잠깐만 기다려봐."

나는 다급하게 보일러실의 비밀번호를 눌렀다. 지난 3년 동안 나의 은밀한 전화 부스(?)가 되어준 이곳. 커다란 산업용 보일러 뒤편에는 대회의실에서 내가 몰래

가져다 놓은 접이식 의자가 세워져 있었다. 나는 그것을 펼치고 앉았다. 대학 동기인 형은 4학년 2학기, 비교적 이른 나이에 격무와 잦은 야근 그리고 높은 연봉으로 유명한 회사에 합격해 동기들 모두의 축하를 받았는데, 입사 3개월 때부터 때려치우겠다고 난리를 치더니 입사 8년 차가 된 지금까지도 멀쩡히 잘만 다니고 있다. 형은 웃긴 일이 생겼다고 운을 떼며, 내가 요즘 쓰는 에세이에 딱이라고 이야기를 쏟아내기 시작했다(작가로 살면 이런 일들을 종종 겪게 된다. 자신의 삶이 대하소설이나 다름없다며 나에게 일방적으로 인생사를 털어놓는 사람들… 그들의 이야기가 정말 소설감이었던 적은 없다…).

형은 최근 회사에서 실시한 정기 신체검사에서 중등도비만 판정을 받았다. 그래서 회사의 다이어트 프로그램에 반강제로 합류하게 되었는데 정말 다양한 검사와 전문적인 분석, 동기부여를 해준다고 했다(나는 속으로 돈 많이 주는 회사는 그런 것까지 해주는구나 생각했다). 그 중 백미는 유전자 검사였다.

"내가 살이 잘 찌고 요요가 잘 오는 체질이래. 그게 태어날 때부터 유전자에 정해져 있대."

그것을 판별하는 데 굳이 유전자 검사까지 필요할까 싶기는 했지만, 나는 신나게 맞장구를 쳐주었다. 나 같은 문외한이 듣기에 얼핏 타로점이나 사주처럼 느껴지는 비만 유전자 검사는, 자세히 뜯어보니 꽤나 그럴듯한 의학적 근거가 있었었다. 고혈압이나 고지혈증, 체내 지방 수용성, 운동 반응성, 근육형성의 정도 같은 것들이 이미 태어날 때부터 유전자에 다 기록되어 있어서, 해당 유전자를 보유한 사람들을 확률적으로 계산해보면 생애주기에 따라 어떤 몸무게, 어떤 체형을 가지게 될지 알 수 있다는 거였다.

형의 경우 짠것과 단것을 좋아하는 입맛을 타고난 대신(짠것과 단것을 좋아하지 않는 사람이 있을까?) 나트륨에 대한 혈압의 반응도가 낮고, 탄수화물 분해가 빠르고, 지방 저장이 활발한 대신 운동 반응성 또한 높다고 했다. 즉, 많이 먹고 많이 찌고, 또 많이 운동을 하며 살을 빼도, 요요 현상 때문에 고생하며 평생 다이어트와 요요를 반복할 팔자라는 의미였다.

우리는 함께 웃으며 '그래, 우리 죽도록 먹고 운동하고 그럼에도 그냥 뚱뚱한 채로 살자'라는 결론을 내리며 전화를 끊었다.

나는 의자를 접으며 이것을 다시 대회의실에 가져다 놓을까, 하다가 그만뒀다. 한순간이라도 사무실에서 도망쳐 있고 싶은 누군가에게 이 의자가 유용하게 사용될지도 모른다는 생각에. 어쩌면 직장에 다니고 있는 모두에게 이렇게 의자가 놓인 작은 방 하나쯤이 필요할지도 모르겠다. 나는 마지막으로 보일러실의 문을 닫았다.

얼굴에 웃음을 머금은 채 사무실로 돌아왔는데, 아니나 다를까 김 반장은 박 대리 이거 어떻게 하는 거냐, 돋보기를 쓴 채 모니터를 들여다보고 있었다. 김 반장이 계속 형태소 단위의 질문을 쏟아냈고, 내 자리에는 급한 회신을 요구하는 쪽지가 한가득 붙어 있었다. 한숨을 쉬고 일을 처리하려 하는데 갑자기 나를 호출하는 팀장. 자리 근처로 다가가자 그는 나의 출신 대학과 학과를 물었다. 순순히 대답하자 수시인지 정시인지, 수능 성적이 얼마나 나왔는지, 입시전형은 어떠했고, 현재 토익 점수가 몇 점이나 나오는지까지 입학사정관처럼 묻기에 이 아저씨가 또 왜 이러시나, 했는데 알고 보니 첫째 아들이 현재 고3이며 한창 수시를 준비 중이라고 했다. 원서를 도통 어떻게 써야 할지 모르겠다고 투덜대는데, 뭐 어쩌라는 걸까. 결국 나는 "팀장님, 제가 대학 들어간 지 13년이 지났습니다"라고 대답했다. 팀장은 그제야 뭔가를 깨달았다는 듯 그렇지, 옛날 일이지 하고 고개를 끄덕였다. 자리에 돌아가는 내 등에 대고 팀장이 갑자기 외쳤다.

"박 대리, 빨리 집에 가."

"네?"

"마지막 날인데 뭘 삐대고 있어. 얼른 가."

"지금요? 그래도 될까요?"

"당연하지. 얼른 가."

나는 입꼬리에서 실실 새어 나오는 웃음을 꾹꾹 누른 채, 가방을 둘러메고 사무실의 다수를 향해 고개를 숙여 외쳤다.

"그동안 정말 감사했습니다."

사람들은 그간 나와 굉장한 친교를 유지했던 것처럼 자리에서 일어나 한마디씩 덕담을 얹었고, 심지어는 조금 전까지 나를 쥐 잡듯 잡던 김 반장조차도 어깨를 두드리며 앞으로의 삶을 응원한다고 했다. 이게 무슨 청소년 드라마적 결론이람. 나는 설레는 마음을 감추기 위해, 자꾸만 빨라지는 발걸음을 늦추기 위해 노력하며 인사팀으로 가 최대한 차분하게 사원증을 반납했다. 그리고 자리에 남은 마지막 짐을 들고 사무실 밖으로 나섰다. 절대 뒤를 돌아보지 않기로 마음먹으며.

엘리베이터를 타고 1층으로 내려왔을 때는 11시가 조금 넘은 시간. 뙤약볕이 내 정수리를 비추고 있었고, 이건 정말이지 예상치 못했던 시간, 너무 한낮의 퇴사가 아닌가. 원래는 저녁쯤 퇴근해 근처의 회사를 다니는 친구들과 함께 술이나 한잔하고 들어가려 했는데, 갑자기 시간이 붕 뜨니 도대체 무엇을 해야 할지 몰랐

다. 그제야 태어나서 거의 처음으로 아무런 소속 없이, 오롯이 나 자신으로서 이 시간에 거리에 서 있다는 것을 절감했고, 그것은 무척 생경한 감각이었다.

언제나와 다름이 없는 평일 오후의 한낮인데 모든 게 달라져버린 듯한 느낌.

결국 내가 향한 곳은 다른 어느 곳도 아닌 집이었다. 가방이 무겁지도 않은데 이상하게 그렇게 됐다.

집에 도착하자마자 나는 일단 입고 있던 감탄팬츠를 벗었다. 가랑이 부분이 쓸려 구멍이 나기 직전이라 바지를 그대로 쓰레기봉투에 집어넣었다. 어차피 이제 다시 입을 일도 없을 터였다. 셔츠를 벗어 던지고 탁상용 선풍기를 내 책상 위에 올려놓은 뒤, 네임펜이며 포스트잇 같은 것을 책상 서랍에 넣고 나니 괜히 마음이 이상했다. 그토록 오랜 시간 동안 꿈꿔왔던 오늘인데, 막상 그날이 되자 기쁘다기보다는 뭐라 말할 수 없는 헛헛한 기분이 들었다.

뭔가를 시켜 먹을까 하다가 딱히 배가 고프지는 않아 그만뒀다(내게는 좀체 없는 선택이었다).

일단 샤워를 하고 침대에 누우니 마음이 더 심란해졌다. 아주 오랜만에 평일 이 시간에 집에 있어보네. 가만히 누워 있는데, 자꾸만 불안감이며 여러 부정적인 감정들이 밀려오기 시작했다. 생각은 생각의 꼬리를 물고…. 사무실의 내 책상처럼 깨끗이 머리를 비우고 싶지만, 그것은 내가 가장 못하는 일이었다. 잠깐만, 아주 잠깐만 낮잠을 자고 일어나서 운동을 하고, 근사한 저녁을 먹고, 간단히 산책을 하자는 생각으로 잠을 청했지만 역시나 잠은 오지 않았다. 이렇게 가만히 누워 있다가 또 뭔가를 시켜 먹게 되겠지. 그리고 죄책감에 사로잡힌 채 눕게 될 것이고. 내일 밤은 기필코 굶고 잘 것이라 다짐을 하겠지.

나는 매일 싸우는 것처럼 살아온 것일지도 모른다. 내 뜻대로 되지 않는 세상과, 나를 둘러싸고 있는 환경과, 사람들과, 어쩌면 그 무엇보다도 나 자신과 말이다.

11화

유전,
그 지긋지긋함에
대하여

*

퇴사 후 꼬박 보름 동안 집 밖에 나가지 않았다. 배달 앱만 있으면 침대에 누워서도 어렵지 않게 끼니를 때울 수 있고, 심지어는 커피를 포함한 디저트까지도 해결할 수 있는 세상이기에 가능한 일이었다. 찬란한 정보화시대의 축복이여!

퇴사하면 가고 싶었던 곳도, 하고 싶었던 일도 많았는데 나는 그저 핸드폰 메모장에 적어놓은 '퇴사 후 버킷리스트'를 바라보며 침대에 누워 있기만 할 따름이었다. 이대로는 안 되겠다고 생각하면서도 무거운 몸을 일으킬 수가 없었다. 몇 번이고 가옥 탈출(?)을 시도했으나 번번이 실패로 끝났다. 일단 가장 큰 장벽은 침대에서 일어나는 것, 그리고 샤워였다.

결국 내 몸을 일으킨 것은 더러움에 대한 강박도, 새

로운 삶에 대한 의지도 아닌 '통증'이었다. 머리를 오랫동안 안 감으면 가렵다 못해 아플 수가 있다는 것을 처음으로 깨달았다. 나는 젖은 솜보다 무거운 몸을 일으켜 욕실로 향했다. 뜨거운 물을 틀고 따뜻한 물줄기 아래에 서니, 나른하게 쑤시던 온몸의 긴장이 조금은 풀리는 것 같기도 했다. 그런데 샴푸를 잔뜩 짜서 머리에 얹어놓아도 거품이 잘 나지 않았다. 손끝에 뭔가 걸리는 것 같은 기분이 들어 뒤통수를 거울에 비추니, 두피 가장자리에 여드름처럼 발진이 나 있는 게 보였다. 두 번이나 샴푸를 하고 구석구석 씻으니 30분도 넘게 걸렸다. 밖으로 나와 전신 거울 앞에 섰다. 고개를 돌려보니 역시나 내가 아는 형태의 발진. 지루성두피염이었다. 혹시나 해서 겨드랑이를 펼쳐보니 작은 건선까지 생겨버렸네.

결국 나는 의학적인 목적으로 보름 만에 집 밖으로 나왔다. 일단 가장 먼저 향한 곳은 동네의 피부과. 10년 동안 크고 작은(이라고 해봤자 점을 빼거나 커다란 사마귀를 레이저로 지진 정도지만) 치료를 받아온 경력이 있는 곳이었다. 나는 의사에게 환부를 보여주며 치료 방법을 물었다. 의사는 예상했던 대로 내가 가진 두 가지의 질환 모두가 완치의 개념이 없는 만성질환이며 그저 증상을 완화하는 차원의 치료를 할 수밖에 없다고 했다. 컨디션을 관리하고 스트레스를 받지 않기 위해 조심하라는, 초등학교 2학년도 알 것 같은 의학 상식을 듣고 나는 조금 심드렁한 기분이 되어버렸다.

약국에 가 스테로이드 성분이 포함된 연고를 받아 든 나는, 어릴 적 아빠가 종일 온몸을 긁던 모습을 떠올렸다. 아빠는 나처럼 건선 환자였다. 피부과에서 처방받은 연고를 바르고서도 간지러움이 낫지 않자 전국팔도의 온갖 명의를 찾아다니며 한의학, 중의학까지도 섭렵하는 정성을 보였다. 물론 아빠의 병세는 조금도 나아지지 않았으며 우리 가정의 재정 상황만 악화시키는 결과를 낳았다. 게다가 요즘은 종편에서 쏟아져 나오는 건강 프로그램이며 홈쇼핑에 존재하는 그 많은 건강식품을 죄다 사들이고 있어 상황이 더 안 좋아지는 중이다. 내가 독립한 이후, 내 방이었던 공간에 마트에서나 볼 법한 커다란 찬장을 들여다 놓고 그 안을 온갖 건강식품으로 가득 채워놨다. 건강염려증이 쇼핑중독으로 이어진 것 같다는 생각이 들었다. 그 길고 지난한 여정에 나 역시 동참하게 된 것일지도 모른다는 생각을 하니 벌써 머리가 지끈지끈했다. 일단 나는 핸드폰으로 계면활성제 성분이 들어 있지 않은 샴푸를 검색해 구매했다.

그리고 내가 향한 곳은 이비인후과. 한쪽 콧구멍이 꽉 막혀버렸기 때문이다. 의사는 역시나 비염이라는 흔하디흔한 만성질환의 이름을 대며 휘어진 코뼈를 바로잡는 수술을 권했다(전에도 몇 번이고 권한 적이 있는 수술이었다). 수술 뒤에도 다시 비염 증상이 돌아오는 사람들을 많이 봐온 터라 나는 고개를 저었다.

마지막으로 내가 당도한 곳은 정신건강의학과. 이전에도 감정조절장애와 불면 증세를 해결하기 위해서 주기적으로 들렀던 곳이었다. 예약을 하지 않고 무작정 찾아갔더니 대기하고 있는 환자들이 엄청나게 많았다. 나는 기나긴 대기 시간을 견디기 위해 병원 서가에 꽂힌, 정서적 결핍과 관련된 책을 꺼내 읽었다.

책에서는 어릴 적의 양육 환경과 유전자를 정서적 결핍의 주된 원인으로 꼽고 있었다. 역시나 모든 것이 부모의 탓이군. 괜히 탓할 구석이 생겨 기뻐진(?) 나였으나 기쁨은 이내 사라져버렸고, 이후 두 시간도 넘게 병원에서 대기해야만 했다. 결국 간신히 진료실에 들어간 나는 전문의에게 퇴사 후 내가 겪었던 증상을 쏟아내듯 털어놓았다. 가만히 내 얘기를 듣던 그는 그간 너무나도 몸을 혹사해온 탓에 생기는 자연스러운 반작용일 수 있다며 인생에 꼭 필요한 시간이라고 (전문의다운) 조언을 해주었다.

돌이켜보면 지난 3년 동안 나는 단 하루도 쉬지 못한

것이나 다름없었다. 주중에는 대개 마감을 하기 위해 글을 썼으며, 주말에는 오후까지 늘어지게 낮잠을 자기는 했으나, 마음만은 항상 뭔가를 해야 한다는 강박에 시달리고 있었으니까. 나는 단 한 순간이라도 내 마음으로부터, 뭔가를 해야만 한다는 생각으로부터, 아니 모든 생각으로부터 도망치고 싶다는 생각을 해왔다. 나는 의사에게 도대체 왜 이런 일들이 나에게 벌어지는지, 그러니까 종일 몸을 혹사하면서도 폭식을 하지 않으면 잠을 잘 수 없고, 나 자신에게 좋지 않다는 것을 알면서도 끊임없이 같은 생활 패턴을 반복하다, 결국에는 일상을 제대로 수행하지 못하고 생업을 유지하는 데 실패하며, 완벽한 자유의 몸이 된 순간조차 자기혐오에 빠져든 채 잠만 자게 되는지, 물었다. 의사는 이런 현상의 원인은 다층적일 수밖에 없다며, 유년기의 정서적 방치나 환경적인 요인, 심지어는 유전까지도 지대한 영향을 미친다고 했다.

또 유전이야?

도대체 내가 태어나기도 전부터 내 인생의 얼마나 많은 부분이 정해져 있었던 걸까. 한 무더기나 되는 약을 타 오며 나는 내 어릴 적의 기억을 되짚어봤다.

나의 부모님은 요즘은 특별할 것도 없는 맞벌이 부부셨는데, 두 분 다 각자의 사업체를 운영하고 있었다. 그 말인즉슨, 양쪽 부모 모두가 인생의 우선순위가 언제나 가정 밖에 있었다는 의미다.

엄마의 경우 철이 바뀔 때나 인생에 고난이 닥칠 때면, 퇴근하자마자 가방을 거실에 던져놓은 채 옷도 벗지 않고 가만히 침대에 누워 있곤 했었다. 아무것도 하지 않고 그저 멍하니 허공을 바라보고 있는 그때 그녀의 눈빛과 지금 나의 눈빛이 어쩌면 닮아 있을지도 모른다는 생각이 들었다.

아빠라고 해서 사정은 다르지 않아 언제나 전화통을 붙잡고 있거나 지방으로 출장을 가버려 내 기억 속의 그는 주로 부재한 상태로 남아 있었다. 그나마 쉬는 날이면 집에 와 앓는 소리를 내며 자는 모습, 오후가 되도록 일어나지 않는 모습이기 마련이었다. 어딘가에 미친 듯이 열중하다 완벽히 소진돼 누워 있는 상태의 무한 반복. 그것은 내가 지난 10년간 반복해왔던 일상의 패턴이기도 하다.

그렇다고 해서 부모님과 모든 게 닮은 것은 아니다. 기왕에 유전자 얘기가 나와서 말인데 정말 억울한 일은 이것이다. 나의 부모님은 둘 다 완벽한 정상체중, 심지어는 나이에 비해 조금 저체중인 분들이시다. 태어나서 한 번도 정상체중의 범주를 벗어나본 적이 없으며, 환갑이 넘은 지금까지도 언제나 같은 몸무게를 유지하고 있다. 어릴 적의 나 역시도 덩치가 있는 편이기는 했지만, 이토록 비만한 적은 없었다. 평생 동안 비슷한 체중을 유지하는 삶을 살아온 그들은, 100킬로그램이 넘게 살을 찌우고 뺀 내 삶을 이해하지 못한다. 살을 뺐을 때의 내 노력이나, 다시 쪄버린 살을 보며 느끼는 나의 절망을 절대로 공감하지 못한다. 공감할 수 없는 게 당연할 것이다. 그들에게는 오로지 살찐 나라는 현실, 눈앞에 보이는 현상만이 존재할 따름이다. 때문에 명절이나 가족 행사 날 부모님이나 친척을 마주하는 게 내게는 일종의 공포나 다름없다. 오른손잡이들만 가득한 나라에서 홀로 외로운 양손잡이의 싸움을 하는 기분이랄까.

한번은 본가에 내려갔다가 봉변 아닌 봉변을 당했던 적도 있다. 나는 평소처럼 샤워를 하고 속옷만 입은 채 욕실 밖으로 나와 머리를 말리기 시작했다. 텔레비전을 보다 내 몸을 흘끔 바라본 엄마의 얼굴이 서서히 일그러지더니, 갑자기 울기 시작했다. 그녀는 울먹이며 말했다.

“도대체 얼마나 많이 스트레스를 받고 스스로를 방치했으면 그 지경(?)이 될 수 있니.”

반사적으로 웃음이 터졌다. 고슴도치도 자기 새끼는

예쁘다고 한다던데, 어찌 나를 낳은 어머니께서는 자신의 유전자를 반쯤 가진 내 몸을 보고 눈물까지 흘린단 말인가. 도무지 현실적이지 않은 상황이 웃겼는데, 계속 웃다 보니 슬그머니 기분이 나빠졌다. 아무리 부모와 자식 간이라도 그렇지, 남의 몸을 보고 우는 건 엄청난 실례 아냐? 나는 여느 때처럼 엄마에게 버럭 화를 내버렸다.

약 한 줌을 집어삼키고 폭식하지 않은 채 무사히 잠들기를 바라고 있는 지금, 나는 또다시 유전자의 신묘함에 대해서 생각해본다. 어쩌면 지금의 나는 아빠의 의존적이고도 중독적인 성향과, 엄마의 감정 기복과 운동신경 없음이 골고루 섞인 합작품인지도 모르겠다. 아빠에게는 주식 투자나 쇼핑중독으로 발현되었던 의존적 성향이 내게는 '폭식'으로 발현되었으며, 엄마의 조울증과 불면 성향이 합쳐져 지금의 고도비만인 내가 완성된 것은 아닐까? 나는 내 온몸이 유전자의 증거

임을 절감하며 조상 탓을 할 거리가 한 가지 더 늘었다는 사실에 내심 기쁘다. 그래 봤자 내 돈 주고 산 음식을 내 손으로 직접 목구멍에 밀어 넣었다는 사실이 변하지는 않지만. 그러거나 말거나 오늘은 정말로 굶고 잘 생각인데, 도대체 왜 잠은 오지 않는 걸까. 도대체 어디서부터 뭐가 어떻게 잘못된 것일까. 나도 잘 모르겠다. 정말 모르겠다.

12

뉴욕, 뉴욕

*

젖은 걸레처럼 침대 위에 너부러져 있는 일상은 생각보다 오래 지속되었다. 나는 누군가 이 지독한 절망으로부터 나를 구해주기를 바라며 매일매일을 잠과 넷플릭스, 배달 음식으로 버텼다. 감정 조절을 도와준다는 약의 복용량을 늘려보았지만, 나아지기는커녕 속만 더 부룩한 것이 오히려 더 피곤해진 느낌이었다. 주치의를 찾아가 이러한 상황을 호소하자, 새로 바꾼 약의 경우 어느 정도의 투약 기간이 지나고 나서야 약효가 발휘된다고 말했다. 또한, 오랜 시간 동안 너무 쉼 없이 달려왔기 때문에 회복되는 데 많은 시간이 필요한 것이 당연하다고 말했다.

병원을 나오며 나는 생각했다.

조급해 말자. 지금 이 시간은 내게 너무나도 필요한 시간이다. 내 몸과 마음이 너무나도 절실하게 쉬고 싶어 하는 것이다.

나는 언제나 더 빠른 속도로 더 먼 곳까지 달려야 한다고 믿었다. 그것이 행복해지는 유일한 방법이라고 생각했다. 때문에 작가가 되고 나서 나는 단 한 순간도 쉬지 않고 달렸다. 주 5일, 9시부터 6시까지 회사 일을 하면서도 수면 시간을 줄여가며 거의 하루도 빠지지 않고 글을 쓰거나 구상을 했고, 그게 아니면 최소한 메모라도 했다. 좋아하는 일을 직업으로 삼게 되었다는 기쁨은 찰나에 불과했다. 아무리 피곤해도 원하는 때에 잠들 수 없었으며, 몸 여기저기가 아파 왔다. 쉬어야 한다는 것은 알고 있었지만 이미 달리기 시작한 기차를 멈출 수는 없었다. 대부분의 시간 동안 나는 그저 생존 본능에 이끌려 의지가 아닌 오기에 사로잡혀 나 자신을 착취해왔다. 그렇게 나는 등단한 지 2년 만에 첫 책을 냈으며, 6개월도 채 지나지 않아 또 한 권의 책을 더 묶을 만큼의 작품을 모으게 되었다. 친구들은 내게 좋아하는 일을 직업으로 삼고 있어 부럽다는 말을 했다. 그럴 때마다 나는 정말로 만족스러운 삶을 살고 있는 척 웃곤 했지만 실은 그렇지 않았다.

한없이 나 자신이고 싶어서, 나를 표현하고 싶어서 시작한 일이었는데 더 열심히 글을 쓸수록, 더 최선을 다해 노력할수록 오히려 내가 원하는 삶으로부터 멀어지고 있다는 생각이 들었다. 글을 쓸 때의 성취감이나 행복감은 금세 휘발됐고, 타인의 평가에 의해서 내 삶의 거의 모든 부분이 결정되고 있었다.

나는 내가 막연히 꿈꿔왔던 삶을 이뤄내기 위한 도구에 불과할 뿐, 내가 진짜로 원하는 것이 무엇인지, 행복해질 수 있는 방법이 무엇인지 알지 못했다. 모든 게 다 무기력하고 귀찮게만 느껴졌다.

그것은 여행에 있어서도 마찬가지라, 12년 만에 뉴욕으로 돌아가게 되었다는 설렘 같은 것은 없었다. 오히려 만사가 다 귀찮았다. 때문에 여행을 가기 전날까지 침대에 너부러져 있다가 출국 당일에 트렁크에 아무렇게나 마구잡이로 옷가지를 구겨 넣고 뉴욕행 비행기를 탔다.

친구들과 함께 에어비앤비로 방을 잡고 뉴욕을 쏘다녔다. 2007년에 왔을 땐 지독한 생활의 공간이었고 너무나도 압도적인 도시였는데, 12년 만에 다시 찾은 뉴욕은 그렇지 않았다. 나와 친구들은 나이키와 스타벅스와 써브웨이와 월도프굿맨을 거닐었고, 그것은 명동을 걸을 때와 별반 다르지 않은 느낌이었다.

게다가 뉴욕에는 '코리안 스타일'이 유행하고 있었다. 거리마다 한식을 파는 음식점이 즐비했는데, 갈비탕 한 그릇에 2~3만 원을 호가하는 물가에 기함했다. 피눈물을 흘리면서도 그것을 사 먹기는 했다. 식당에서 매번 식사를 하니 식비가 너무 많이 나와, 친구들과 함께 밥을 해 먹기도 했다. 숙소에서 멀지 않은 한인타운에 들러 그곳 마트에서 식재료를 사기로 했다.

마트에서 양손 가득 장을 보고 나왔는데, 마트 맞은

편에 있는 익숙한 공간이 눈에 띄었다. 한국어로 된 서점의 간판. 허름했던 예전의 외관과는 달리 깔끔한 구조로 리모델링되어 있었다. 나는 얼른 숙소에 돌아가자 성화인 친구들에게 잠깐 서점에 들르자고 말했다. 그러자 친구들은 나보다 더 신이 나서 "얼른 네 책을 찾으러 가자!" 난리를 쳤다.

문학 코너에 가서 소설책 서가를 샅샅이 뒤졌는데, 나와 비슷한 시기에 나와 같은 출판사에서 나온 책들이 많이 꽂혀 있었지만 내 책을 찾을 수는 없었다. 친구들은 약간 갸륵한 표정으로 "이미 다 팔려서 없는 건가 봐"라고 말해주었고 나는 어울리지도 않는 위로는 집어치우라며 웃었다. 다행히(?) 내 작품이 수록된 수상작품집 하나가 꽂혀 있어 그것을 들고 사진을 찍었다.

문득, 처음 이곳을 찾았던 2007년의 내가 떠올랐다.

미국에서 체류한 지 한 달이 채 되지 않아 한국어로 된 책이 읽고 싶다는 생각이 들었다. 한인타운에 한국

서점이 있었으나, 책은 정가보다 두세 배는 비쌌다. 단행본을 살 돈이 없어 간신히 〈씨네21〉이나 〈무비위크〉 같은 영화 주간지를 사 겉장이 떨어질 때까지 읽고 또 읽었다. 커다란 대학 노트 한 권을 사서 초등학교 때도 쓴 적이 없던 일기를 매일 썼다. 두께가 얇아 뒷면이 잘 비치는 미국 종이(?)라 볼펜이 번지지 않게 조심했던 기억이 있다. 한국으로 돌아올 때, 가지고 있던 책들은 다 버렸지만 그 커다란 노트만큼은 들고 왔다. 아직도 내 책장 한쪽에 꽂혀 있는 그 일기장. 그때 나는 내가 남다른 표현의 욕구를 가졌다는 것과 상상 이상으로 내 모국어를 사랑한다는 사실을 깨달았다.

내 이름으로 된 책을 가지고, 오직 글을 쓰는 삶을 사는 것.

2007년의 내가 상상도 하지 못했던, 어쩌면 한 번쯤 간신히 꿈만 꿔봤던 그런 삶을 지금 살게 된 것이었다. 고작 이런 것들을 위해 달려온 것인가 하는 마음과, 어느새 여기까지 왔다는 마음이 동시에 들었다. 나는 들고 있던 수상작품집을 내려놓고 밖으로 나왔다.

일주일 후, 친구들이 한국으로 돌아간 뒤로는 혼자서 뉴욕의 오래된 호텔에 묵었다. 구글에 검색해본 바로는 100년 가까이 된 건물이라고 했는데, 과연 호텔 방에는 그 흔한 냉장고도 없었으며 변기의 레버도 아주 오래 전에 볼 법한 모양이었고, 무엇보다도 라디에이터로 난방을 하는 시스템이었다. 혹시 쥐가 나오는 건 아닐까 걱정을 했지만 다행히 위생 상태는 좋은 것 같았다.

뉴욕에는 전에 없는 한파가 몰아닥쳤고, 나는 비싼 돈을 주고 여행을 와서는 하루 종일 잠만 잤다. 몇 년 만에 제대로 놀겠답시고 퇴직금이며 적금을 탈탈 털어서 여행을 온 주제에 이러고 있는 게 괜히 한심하게 느껴졌다.

그러던 어느 날, 투숙객들이 모두 밖으로 나가 적막한 가운데, 갑자기 어디선가 바이올린 소리가 들리기 시작했다. 처음에는 간단히 조율을 하는가 싶었는데 갑자기, 공연장에 온 것처럼 현란한 연주가 이어졌다. 조심스레 방문을 열고 나가보니 내 바로 옆방에서 흘러나오는 소리였다. 거의 장인에 가까운 솜씨의 연주였다. 연주는 약 두어 시간 동안 이어졌다. 나는 점심을 먹으러 내려간 김에 리셉션 데스크로 가 옆방에서 바이올린 소리가 들린다고 말했다. 호텔 직원은 웃으며, 호텔 바로 옆에 카네기홀이 있어 종종 공연을 하러 온 연주자들이 머무르곤 한다고 했다. 많이 시끄러우면 조용히 하라고 조치를 취해줄 수 있다고 해서, 괜찮다고 답했다. 다시 방으로 돌아왔을 땐 어김없이 바이올린 연주가 계속되고 있었고, 카네기홀 연주자라는 말을 들어서 그런지 괜히 더 좋게 들리는 것 같았고, 이런 내가 너무 속물적이라서 웃겼다. 바이올린을 켜고 있는 저 사람은 자신의 꿈을 이룬 것일까?

밤에는 시차 적응이 잘 되지 않아 잠을 끊어 자곤 했는데, 웃긴 꿈을 많이 꿨다.

어느 홀로 잠든 날 밤의 꿈에는 니콜 키드먼과 앤 해서웨이, 김희애와 금성무가 나왔다. 나는 반짝이는 루프톱 바에서 술을 마시고 있었다. 그 속의 나는 즐거워 보였고 무엇보다 사람들 사이에, 세상에 너무나도 자연스럽게 속해 있었다. 일어나니 어김없이 코가 꽉 막혀 있었다. 갈수록 악화되는 비염 때문이었다. 허영에 쩌들어 이런 꿈까지 꾸는 건가 생각하니 괜히 웃음이 나왔다.

그리고 다음 날 새벽, 나는 또 코가 막힌 채 잠에서 깨어났다. 핸드폰에 문자 하나가 와 있었다. 문학동네 담당 편집자님의 문자였다.

작가님 주무세요?

내가 젊은작가상 대상을 수상하게 되었다는 소식이었다. 그것은 내게 있어 조금 특별한 일이었다. 습작생

때, 매년 발간되는 젊은작가상 수상작품집을 마치 교본처럼 공부해왔던 기억이 있기 때문이다. 그 상을 받는 것은 내가 예상할 수 있는, 내 인생의 가장 좋은 일 중 하나였고, 간절히 바랐던 꿈이 이뤄진 것이나 다름없었다.

그날 밤, 한파주의보가 내려졌음에도 나는 큰맘 먹고 엠파이어스테이트빌딩 전망대에 올라갔다. 다행히 생각보다는 바람이 많이 불지 않았다. 전망대를 한 바퀴 빙 도는데, 잊고 살았던 10년 전의 감정이 새삼 생생하게 떠올랐다. 그때도 나는 뉴욕을 떠나기 직전에 이 엠파이어스테이트빌딩에 왔었다. 가뜩이나 없는 돈을 써가면서 말이다.

내 돈 벌어 내 발로 찾아와 거지꼴로 버텨야만 하는 이 도시를 도저히 감당해내지 못했고, 그런 내가 정말 싫었고, 이상한 열패감 같은 것에 젖어 예상보다 일찍 (비행기 스케줄을 바꿔가면서까지) 내 고국으로 돌아갔었다. 꿈을 이루기 전까지는 다시는 돌아오지 말자고 다

짐하며. 그게 언제가 될지는 모르지만, 정말 꿈을 이뤘을 때야 이곳에 돌아오자고 마음먹으며.

그리고 12년이 흘렀다. 나는 30대가 되었고, 이제는 정말로 그 꿈이라는 것을 이뤄 별 볼 일 없지만 내 이름으로 된 책도 갖게 되었고, 여전히 가난하지만 간신히 내 밥벌이는 하며 이곳에 당도하였다. 돈이 좋다. 돈이 좋고 꿈이 좋은데, 스무 살 때 봤던 그 불빛과 이 불빛이 도저히 같은 불빛일 수가 없는데, 이상하게 나는 또다시 그때의 나로 돌아간 것만 같다. 영원히 이렇게 높은 곳에서 불빛을 보고 싶은데, 아직은 더, 더 할 말이 많이 남은 것 같고, 더 정확히 표현해야만 하는 감정들이 남아 있는 것 같고… 그러니까, 그렇기 때문에 나는 다시 책상 앞에 앉아 글을 써야 하는 거겠지? 더도 말고 덜도 말고 지금 사는 이 모습 그대로의 삶을 앞으로 이어나가면 되는 거겠지.

그런데 왜 이렇게 마음이 무거운 걸까. 서른둘의 나

는 이제 무엇을 꿈꾸고 어느 곳을 바라보며 살아야 하는 것일까.

도무지 답을 알 수 없는 질문을 안은 채 나는 빌딩에서 내려왔다.

다시, 일상으로, 현실로, 돌아갈 시간이었다.

13

대도시의 생존법

*

결국 나를 완벽히 침대 밖으로 끌어내준 것은 사람도 사랑도 의지도 아니요, 일이었다.

수상 소식을 들은 지 얼마 되지 않아, 두 번째 단행본 계약을 했던 출판사로부터 연락이 왔다.

"작가님, 올여름쯤 단행본 출간을 하시는 게 어떨까요."

지난 책이 나온 지 고작 6개월 남짓 지난 시점이었고, 첫 번째 책도 여러 사정(?)에 의해 급하게 낸 것 같다는 아쉬움이 아직 남아 있어, 두 번째 책은 천천히 시간을 들여서 내고 싶다고 생각하던 찰나였다. 그러나 세상은 나를 기다려줄 생각이 없어 보였고, 나는 출판사의 의견을 받아들이기로 마음먹었다. 여행 이후 통장 잔고가 부쩍 줄어들어 불안감을 느끼기도 했거니와, 무엇보다도 이제는 침대를 벗어날 때가 왔다는 생각이 들어서였다.

단행본으로 묶을 원고를 고치기 위해 정말 오랜만에 책상에 앉았는데 머리가 멍했다. 어디서부터 뭘 어떻게 시작해야 할지 모르겠고, 어떤 문장이 더 적절한지, 무엇이 매끄러운 글인지 도무지 판단이 서지 않았다. 조금만 앉아 있어도 두통이 왔고 등이 쑤셨다. 허리와 엉덩이도 사정없이 아팠다. 문득 나는 코어근육의 힘으로 글을 쓴다는 황정은 작가의 인터뷰를 떠올렸다. 지난 수년 동안 젊음과 불규칙적인 운동(?)으로 간신히 유지해왔던 나의 몸이 완벽히 무너져 내렸다는 생각이 들었다. 글을 쓰기 위해 가장 먼저 근육을 단련해야겠다는 매우 평범한 결론에 도달했다.

나는 헬스 트레이닝과 마라톤 등을 거쳐 필라테스를 시작한 정영수 소설가에게 이런 고민을 털어놓으며 운동 자문을 구했다. 그는 명실상부 운동 전도사(?)답게 나에게 필라테스를 권했다.

“나처럼 100킬로그램 넘는 애도 필라테스 기구 위에 올라갈 수 있어? 무너지는 거 아니야?”

“걱정하지 마. 다 할 수 있어.”

“나 요즘 거의 근육량이 0인데 그래도 할 수 있어?”

“그런 사람들이 하라고 만들어진 운동이야.”

그래, 그렇단 말이지. 약간의 용기를 얻은 나는 근처의 필라테스 숍에 전화를 걸었다가 가격을 듣고 조용히 마음을 접었다. 그리고 몇 가지 옵션을 생각한 끝에 결국 헬스를 끊고, 지인 찬스를 써서 트레이너를 하는 친한 형에게 퍼스널트레이닝 수업을 받기로 결정했다. 가뜩이나 다 떨어져가는 돈이 아깝다는 생각이 들지 않았던 것은 아니었지만 마음을 고쳐먹기로 했다. 사실 이전에는 ‘본전’과 ‘가성비’가 내 인생의 키워드였다고 해도 과언이 아니었다. 하루에 여덟 시간씩 사무실에 앉아 얼마나 생고생을 해서 번 돈인데 허투루 쓸 수는 없었다. 언제나 최소한의 비용으로 최대의 효율을

중시하는 나에게 매회당 비용을 지불해야 하는 퍼스널 트레이닝은 상상도 할 수 없는 옵션이었다. 그러나 꼬박 몇 달을 앓고 나니 생각이 달라졌다. 이 몸을 가지고 남은 생을 계속 살아가야 하는데, 이 상태로 버틸 수는 없었다. 나는 나를 지배하던 모든 패러다임을 바꿔보기로 했다. 최대한 소비하고 움직이는 쪽으로. 그렇게 해서라도 나는 변하고 싶었다. 아니 변해야만 했다.

그리고 나는 매일 오전 9시에 일어나 하루에 두 시간씩 운동을 하는 삶을 살아가기 시작했다. 먹고사는 문제 앞에서 나는 기꺼이 부지런해질 수밖에 없었다. 처음에는 당연히 주어진 운동량을 채우는 데만 급급했다. 집에 오면 쓰러져 자기 바빴고 제대로 업무를 처리할 기운도 없었다. 그런데 아주 조금씩, 아주 천천히 뭔가 변하기 시작했다. 하루에 30분도 채 채우지 못했던 작업시간이 점점 더 길어졌다. 좋은 문장과 나쁜 문장이 구별되기 시작했다. 무엇을 어떻게 그려야 할지 청사진이 보이는 것만 같았다.

그렇게 꼬박 3개월을 보낸 후 아주 많은 것들이 변해버렸다.

일단 나는 회사를 다니며 써놨던 중편소설 네 편을 하나로 이어지는 연작소설로 고쳐 묶는 데 성공했다. 작품집의 제목은 《대도시의 사랑법》. 도저히 무리라고 생각했던 스케줄이었다. 심지어는 대학에 강의를 나가고, 에세이 〈오늘 밤은 굶고 자야지〉까지 신문에 연재하면서! 퇴사 당시의 나에게는 도저히 불가능해 보였던 업무량이었음에도 기꺼이, 아니 실은 간신히 처리할 수 있었다. 황정은 작가의 말처럼 코어근육의 힘, 즉, 규칙적인 운동의 힘인 것 같았다.

내 두 번째 책 《대도시의 사랑법》을 받아 들었던 날 나는 문자 그대로 눈물을 쏟았다. 책이 너무 예뻐서? 책을 쓰기 위해 투여했던 노동의 기억이 주마등처럼 스쳐가서? 물론 그런 마음도 없지 않았지만, 실은 걱정

되는 마음이 가장 컸다. 내 작품의 퀄리티와 정치적인 올바름과 원활한 판매 같은 것들도 물론 큰 고민이었지만, 실은 지금의 이 모습으로 사람들 앞에 나서는 게 제일 두려웠다. 평생 최고의 체중으로 두 번째 책을 내는 것은 내 인생의 계획에 없는 일이었다.

고백할 게 하나 있다. 지금의 내 몸무게는 퇴사하기 전에 비해 하나도 줄어들지 않았다.

나는 내 주변 사람들에게 내가 매일 운동을 하고 있다는 것을 최대한 말하지 않으려 노력하는데, 실은 매일 밤 여전히 무언가를 먹고 자는 습관을 고치지 못하고 있으며, 이 때문에 아무리 규칙적으로 운동을 해도 몸무게는 단 1킬로그램도 빠지지 않았다. 오히려 운동을 시작한 이후로 조금 더 쪄버렸다. 체중조절은 운동이 아닌 식단 관리가 관건이라는 만고의 진리를 나는 내 온몸으로 체험했다. 체험하고 있다.

그럼에도 불구하고(?) 책은 나왔고, 나는 책이 나온

작가가 수행해야 하는 거의 모든 홍보 활동을 다 하고 있다. 요즘 시대가 시대인지라, 작가들도 예전처럼 신비주의를 고수하며 뒷짐을 지고 앉아 있기보다는 책 홍보를 위해 전면에 나서도록 요구된다. 특히 나 같은 신인 작가의 경우 나의 글과 더불어 나 자신을 알려야 하는 사명(?)이 있고, 이 때문에 나를 불러주는 거의 모든 일에 참석하고 있다. 신문 인터뷰와 독립서점의 행사, 국제도서전과 심지어는 유튜브 홍보영상 촬영까지…. 그중 내 비대한 몸과 얼굴을 숨길 수 있는 곳은 단 하나도 없었다.

인터넷 뉴스 검색창에 내 이름을 치면, 나의 신간과 관련된 여러 기사가 뜬다. 나는 화면을 보며 어김없이 매번 놀란다. 내 뜻과는 다른 기사 내용 때문에 놀랄 때도 종종 있지만, 대부분은 기사에 실린 내 사진이 그 원인이다. 거울로 봐왔던 혹은 셀카를 찍을 때의 내 모습과는 너무나도 다른, 아마도 한없이 진실에 가까울 보도사진 속 나를 보면 놀라지 않을 수가 없다. 한참 동안 접힌 턱살과 뺨의 잡티와 콧잔등의 모공을 샅샅이 훑어보고 있노라면 일순 마음이 고요해진다.

실은 얼마 전까지 내게 있어서 이런 모습의 사진이 박제되는 것만큼 큰 공포는 없었다. 그런데 막상 닥치고 나니 사실 별로 감흥이 없다. 때때로 내 외모에 대해 평가하는 댓글이 달려도 생각보다 타격이 없다. 나 자신을 진정으로 사랑하게 돼서? 아니면 원치 않은 모습이라도 괜찮다는 생각이 들어서? 그런 건 절대 아니다. 다만 지금 이 순간의 내 모습이 지금까지 내가 살아온 결과임을 받아들이기로 했다. 외면하고 싶을지언정 지금의 내 현실이 나 자신이라는 사실을, 있는 그대로 인정하기로 마음먹은 것이다. 어쩌면 이것이야말로 매일 밤 나를 단죄해왔던 죄책감과 폭식으로부터 도망칠 수 있는 유일한 길일지도 모른다. 이렇게 하루에 한 발짝씩 다른 삶을 살기 위해 발버둥 치다 보면 언젠가는 정말, 굶고 잘 수도 있지 않을까? 아니어도 어쩔 수 없겠지만….

14

플라스틱의 민족

*

내가 생각한 전업 작가의 이미지란 푸른 새벽녘의 아직 해가 뜨지 않은 시간, 알람이 울리기 전에 침대에서 일어나 간단히 물 세수를 한 뒤 누구보다도 정갈한 모습으로 키보드 앞에 앉아, 뜨는 해와 함께 홀짝홀짝 커피나 물을 마시며 다섯 시간 정도 글을 쓴 후, 해가 중천에 뜰 때 즈음 (오븐에 구워 영양소를 보호하면서도 기름기가 쫙 빠진) 간단한 요리를 해 먹고, 트레이닝복으로 갈아입은 다음 피트니스 클럽이나 필라테스 센터에 가 두 시간 남짓 척주기립근을 강화하는 근력운동을 한 후, 독서를 하거나 문화생활을 즐기며 저녁 시간을 보내고, 친구들을 만나 간단한 사교 활동을 한 후 집에 돌아와 그날 쓴 글을 고치다 잠이 드는 종류의 것이었다.

나 역시 처음 운동을 시작했을 무렵에는 얼마간 유기

농 식재료도 구입하고, 요리 유튜브를 보며 파기름도 만들고, 브로콜리도 삶아 먹고, 단호박을 굽는 등 생난리를 쳐댔었다. 오후에 꼬박꼬박 피트니스 클럽에 나가 설렁설렁 근력운동도 하고 단백질 셰이크도 챙겨 먹는 등 유난을 떨어댔다. 그러나 나의 건강하고도 우아한 생활은 오래가지 않았다.

지옥보다 무섭다는 마감 철이 닥쳐왔다. 지난달, 두 번째 소설집이 출간된 이후로는 눈코 뜰 새 없이 바빠 도저히 새 소설을 구상할 만한 시간이 확보되지 않았다. 마감일을 차일피일 미루다 결국 인쇄소 앞에서 원고를 넘겨야 하는 지경까지 이르렀다. 내 인생에 절대로 펑크는 없다는 원칙을 지키기 위해 나는 시간이 날 때마다 닥치는 대로 원고를 썼다. 아침에 알람 소리를 듣고 일어나기는커녕 내가 일어나는 시간이 작업 시간이요, 내가 잠드는 시간이 곧 휴식 시간이었다. 두세 시간씩 끊어 자고, 일어나면 원고를 쓰고, 머리가 띵해지면 다시 눈을 붙이고, 다시 일어나 원고를 쓰고, 허리가 아프면 잠깐 누워 넷플릭스 드라마 한 편을 보고….

이렇게 보름 정도를 살다 보니 휴식을 통해 간신히 되살려놓은 나의 컨디션이 다시 엉망진창이 되었다. 암막 커튼을 쳐놓고 사니 언제가 낮인지 밤인지 알 수 없었고, 머리는 항상 띵하고 마음은 급한데 진도는 더디게만 나갔다. 문제는 그것뿐만이 아니었다. 배에서 신물이 올라오면 그제야 끼니를 찾게 되었는데, 오븐에 굽기는커녕 음식을 사러 나갈 여유도 없었다. 결국 내가 선택한 것은 다른 모든 한국인이 그렇듯 우주에서 제일 편한 '배달 앱'이었다.

배달 앱을 사용해본 사람들은 알 것이다. 1인 가구를 위한 배달 음식은 많지 않다. 주문을 하기 위한 최소 금액을 맞추기 위해서는 대부분 2인분 이상을 시켜야 한다. 메뉴가 두 개인 만큼 음식의 용량도 두 배이고, 맛을 내기 위해 사용된 각종 조미료며 나트륨도 두 배로 들이켜면 어김없이 소화불량이 오기 마련이다. 두 끼에 나눠서 먹게 되는 경우도 왕왕 있는데, 식은 배달 음식 속에 굳어 있는 지방층을 보면 비로소 내가 먹는 음식에 얼마나 많은 기름이 들어가 있는지 깨닫게 된다. 어찌어찌해서 배불리 먹고 한숨이라도 자고 일어나면 가뜩이나 큰 얼굴이 두 배가 되어 있기 일쑤다. 몇 주 동안 안간힘을 다해 식단 조절을 하고 규칙적으로 운동을 해서 몸을 만들어놔도 한 이틀 배달 음식으로 끼니를 때우면 말짱 도루묵이 되기 마련이다.

신체적인 차원에서의 문제만 발생하는 것이 아니다. 하루 두 끼만 배달 음식으로 때워도 정신을 차려보면 집 안에 엄청나게 많은 일회용 용기들이 쌓인다. 밥그릇에 국그릇, 반찬 그릇과 일회용 수저까지…. 사흘 정도 칩거하며 음식을 시켜 먹으면 산더미처럼 용기들이 쌓이기 마련이다. 한창 글을 쓰고 있을 때는 별생각이 없다가, 막상 글이 완성될 때쯤 내가 앉은 자리 주변을 보면 이 한 몸 편하게 살자고 이렇게나 많은 쓰레기를, 심지어 썩지도 않는 쓰레기들을 생산했구나 하는 생각에 마음이 몹시 불편해지곤 한다.

플라스틱에 대한 경각심, 지구 저 너머의 돌고래 배 속에서 한국산 플라스틱 용기가 나온 일화는 이제 너무 유명해서 더 이상 새롭지도 않다. 우리가 사는 지구가 무한정으로 우리의 오염을 포용해주지 않을 거라는 사실을 우리는 잘 알고 있다. 그럼에도 불구하고 당장의 편리함을 위해 어김없이 배달 앱의 결제 버튼을 누르는 나 자신을 멈출 수가 없다.

꼬박 6개월째 내 가장 친한 친구의 카카오톡 대화명은 '종이 빨대 너무 싫어요'다. 한국에서 가장 큰 프랜차이즈 커피 전문점인 스타벅스를 필두로, 현재 많은 커피 전문점에서는 종이 빨대를 도입하고 있다. 네티즌들 사이에서는 이 종이 빨대의 형태나 질감이 휴지심과 유사하다는 내용의 사진이 유머 밈(meme)으로 소비되기도 했다. 나 역시도 30분만 커피에 담가놔도 마법처럼 휘리릭 풀어져버리는 종이 빨대를 편하게 느끼지는 못하는 처지지만, 플라스틱 사용을 줄여야 한다는 의견에는 동의하는지라 아예 빨대를 쓰지 않는 쪽으로 마음을 굳히고 있다. 입술이나 수염에 커피 조금 묻는다고 생명에 위협을 느끼는 것은 아니니까.

일회용품, 특히 플라스틱 용품 사용을 저감하는 정부의 대책이 시행된 이후 확실히 곳곳에서 플라스틱 용품을 대체하려는 움직임이 일어나고 있다. 윤리적인 소비와 트렌드에 민감한(?) 출판업계에서는 이러한 움직임에 발맞춰 각종 '에코' 용품을 굿즈로 출시하기에 이르렀다. 그런데 문제는 이러한 에코 용품조차도 너무나 무분별하게 범람해, 당장 나만 해도 출처를 알 수 없는 공짜 에코백과 텀블러가 넘쳐난다. 일회용품을 줄이려다가 다회용품이 일회용화되는 지경에 이르렀다.

정세랑 작가의 소설《지구에서 한아뿐》의 주인공 한아는 서교동에서 '환생'이라는 옷 수선집을 운영하며 오래된 옷을 리폼해 새 생명을 불어넣는 일을 한다. 한아는 지구에 부담을 주고 싶지 않은 자기 삶의 철학을 직업에 그대로 반영해 자신의 윤리를 실천하기 위해 살아가는, 보기 드물게 심지가 곧은 사람이다. 나는 예전부터 한아와 같은 사람들을 애정해오고 동경해왔는데, 실은 내가 그런 삶의 철학이나 기준이 전혀 없고 설사 있다고 한들 일회성에 그치는 경우가 많기 때문이다.

내 좁은 방에는 M 사이즈부터 XXL 사이즈까지 엄청나게 많은 티셔츠와 속옷이 발 디딜 틈 없이 자리하고 있다. 폭식과 다이어트를 반복하며 족히 100킬로그램은 찌고 빠진 몸을 감당하기 위해 마구잡이로 사들인 싼 옷들이다. 패스트패션의 풍토 속에 함부로 사서 입고 버려지는 옷들이 얼마나 큰 공해인지 이제는 상식으로 모두가 알고 있다. 나 역시도 그 사실을 너무나도 잘 알지만, 방 안을 가득 채우고 있는 옷 더미를 바라보며 한숨을 쉬는 것도, 스트레스를 받을 때마다 싼 옷을 사는 습관도 멈출 수가 없다. 때때로 나는 그저 먹고 소비하기 위해 존재하고 있는 것만 같다. 한아가 내 방을 본다면 기함을 하며 호통을 칠 것만 같다.

나는 나의 비좁은 원룸이 커다란 죄의식의 전당이 된 것만 같은 기분이 든다. 발등에 떨어진 급한 마감의 불을 끄고 나니 지금 내 책상 주변은 온갖 일회용 용기와, 눈에 보일 만큼 많은 수의 초파리들, 옷 무덤과 읽지 않은 책들로 가득하다. 나 하나 살자고 이렇게나 많은 쓰레기를 만들어내고 있다니. 그리고 심지어 그 몸조차도 제대로 건사하고 있지도 못하니 이게 다 무슨 짓인가 싶다.

때때로 나는 내 몸에서 지구를 발견한다. 무기질이 부족해 손톱이 잘 부서지고, 면역력이 떨어져 건선이

나 지루성피부염 같은 만성질환이 생겨버린 내 몸. 필요하고 쓸모 있는 것은 부족하며, 온갖 쓰레기들이 꾸역꾸역 점령하고 있는 하나의 커다란 구조물을.

이 모든 악순환에는 결국 단 하나의 해결책밖에 없는 것 같다. 절제라는 단어로 정리할 수 있을, 어쩌면 세상에서 가장 어려운 일. 이 때문에 나는 지금도 배달 앱을 켜고 싶은 마음을 억누르며, 오늘 밤은 기필코 굶고 자야지 다짐하는 중이다. 비단 나뿐만이 아니라 지구(?)를 위해서 말이다.

15

제발 다리 좀 내리라고!

*

얼마 전에 나의 몇 안 되는 친구, 김을 만났다. 영화과를 나온 김은 나의 오랜 친구이자 학창 시절 유수의 영화제 본선에 진출한 경험이 있다. 그런 경험을 바탕으로 내가 〈알려지지 않은 예술가의 눈물과 자이툰 파스타〉라는 영화감독이 주인공인 소설을 쓸 때 큰 도움을 주기도 했다(때문에 그가 영화감독이 아닌 콘텐츠제작사의 회사원이 됐음에도 아직까지 그를 '김 감독'이라 부른다). 그는 나와 영화 취향이 썩 잘 맞아 주기적으로 함께 영화를 보고는 한다. 이번에도 우리는 장안의 화제인 영화를 함께 관람하고 꽤나 여러 얘기를 나누었다. 90년대를 다룬 그 영화의 문법이며 캐릭터를 사용하는 방식이 문학적이라는 얘기가 나왔는데, 문득 그가 최근에 읽은 소설 얘기를 하기 시작했다. 업계에서 엄청나게 화제인 책이 있다며 내게 소설책 본문을 찍은 사진을 보여주었는데 알고 보니 내 친구 김세희 작가가 쓴 소설의 한 구절이었다. 주인공 진아의 남자친구인 연승이 영화를 찍기 위해 다니던 회사를 그만둔 대목이었다. 진아가 자신의 친구인 화영에게 이 사실을 전하자 화영은 이렇게 대답한다.

"야, 방금 무슨 소리 못 들었어?"

"무슨 소리?"

"인생 종 치는 소리."

우리는 한참이나 그 구절을 보며 서로 낄낄댔다. 영화과 학생이라면, 아니 영화과뿐만 아니라 예술 관련 계통에 종사하기로 마음먹은 사람이라면, 누구라도 배꼽이 빠지게 웃다가 울지 않을 수 없는 구절이었다. 나는 그렇게 한참을 웃다 김에게 말했다.

"김, 너 지금 무슨 소리 안 들려?"

"인생 종 치는 소리?"

"아니, 종소리는 애초에 끝났고, 내 배에서 나는 소리…."

그렇게 우리는 함께 밥을 먹으러 갔다. 오늘의 메뉴는 파스타. 평소에는 넙죽넙죽 잘만 얻어먹었던 내가 오랜만에 친구에게 음식을 사주기로 했다. 주문한 메뉴가 나오기 전까지는 누가 죽이러 오는 것처럼 전투적으로 수다를 떨었던 우리였으나 음식이 나오기 무섭게 정적이 찾아들었다. 우리는 먹을 때만 말을 멈춘다. 입에 정신없이 음식을 구겨 넣으면서 생각했다. 프랑스에서는 저녁을 서너 시간 동안 먹는다던데 도대체 어떻게 그럴 수가 있지? 내가 워낙에 성격이 급해서인지 아니면 보편의 한국인들이 공유하고 있는 '빨리빨리' 정서인지는 모르겠지만, 아무리 여유롭게 먹어도 보통 식사 시간은 30분을 넘기지 않기 마련이다. 특히 나와 내 친구들은 거의 흡입에 가까운 지경으로 음식을 구겨 넣느라 식사 시간이 10분도 걸리지 않을 때도 잦은데, 김과의 식사 자리는 특히나 그러했다. 그날도 10분 만에 수만 원어치의 파스타를 해치운 우리는 자리에 앉아 후식을 기다렸다. 나는 얼마간의 만족스러운 배부

름과 그에 비견할 만한 묘한 불쾌감을 간직한 채 김에게 물었다.

"야, 김 감독, 근데 우리 둘은 만나기만 하면 도대체 왜 이렇게 빨리 먹을까. 누가 쫓아오는 것처럼."

"우리가 빨리 먹는 편인가? 딱히 그런 생각 해본 적은 없는데."

김은 골똘히 생각한 후 덧붙였다.

"아무래도 내 동생 때문인 것 같아."

어릴 때부터 식탐이 남달랐던 김의 동생은 함께 식사를 할 때 누구보다 빨리 음식을 먹으며, 냉장고에 뭔가가 채워져 있는 꼴을 보지 못한다고 했다. 지금도 김이 집에 사다 놓은 주전부리며 디저트 같은 것을 남김없이 쓸어 먹는다고 했다. 곰곰이 생각해보니 얼핏 봤던 김의 가족사진 속 동생의 어릴 적 모습이 떠올랐다.

"동생분, 아직도 덩치가 좀 있는 편이야?"

"응, 뚱뚱해. 아직도."

"많이? 나보다 더?"

"아니, 그 정도까지는 아니지."

나는 웃으며 욕을 했다.

우리는 서로의 몸을 진심으로 혐오할 줄 알 정도로 허물이 없는 사이이기는 한데, 오랜 친구인 것치고는 공통점이 없는 편이기도 하다. 특히나 패션에 있어서 의견 차이가 심한데, 김 감독은 장옷을 입고 다니는 조선시대의 규수처럼 얼굴을 제외한 거의 모든 신체를 가리고 다닌다. 여름의 더운 기운이 진하게 남아 있던 그날도 김은 긴 청바지에 체크무늬 셔츠를 받쳐 입고 모자까지 쓰고 나왔다(나는 그런 그의 룩이 영화감독의 교복이나 다름없다고 놀렸다). 후식으로 나온 시원한 커피를 마시면서도 땀을 뚝뚝 흘리고 있는 김의 모습을 보니 괜히 내가 답답해져 모자라도 좀 벗으라고 말해봤지만, 들을 리가 없었다. 심지어는 수십 년 만의 더위가 몰려왔던 2018년 여름에도 매일 긴 청바지를 입고 다녔으니, 알 만하다. 도대체 왜 그러는 거냐고 물어봤는데, 그냥 자신의 몸을 바깥에 내놓는 게 부끄럽다고 했다.

"그럼 너, 집에서도 꽁꽁 싸매고 살아?"

"미쳤니. 방문 닫자마자 다 벗고 에어컨 틀고 누워 있지."

반면에 내 경우는, 등산복만 입고 다니는 중년들처럼 체온조절과 편리함에 포커스를 맞춰 의복을 선택한다. 남들이 보기에 흉할 수도 있다는 걸 알지만, 아무렇지도 않게 짧은 반바지를 입고 다리를 훤히 내놓고도 올 여름을 잘 버텼다.

이런 나라고 해서 애초에 이렇게 태어난 것은 아니라서, 20대 시절에는 나만의 여러 외모 강박을 가지고 있었다. 김과 비슷하게 나도 털이 많고 두꺼운 내 다리가 부끄러워 더운 여름에도 긴바지를 고수했으며, 머리카락을 풀세팅하지 않고서는 강의실에 들어가지도 못했었다. 안경을 쓰면 못생겨 보인다는 이유로 안구건조증이 있는 주제에 5년도 넘게 (값비싼) 일회용 렌즈를 끼고 다녔으며, 대학 시절 없는 돈을 모으고 모아 라식수술까지 단행했다.

지금은? 매일 오늘 밤은 굶고 자야지, 다짐하면서도 어김없이 폭식을 하고, 아침이면 팔다리와 신체 실루엣이 훤히 드러나는 옷을 잘만 골라 입고 나간다. 20대의 내가 지금의 나를 본다면 기함을 할지도 모르겠다. 100킬로그램이 훨씬 넘는 몸, 벙벙한 티셔츠에 허벅지가 훤히 드러나는 반바지를 입는 것도 모자라, 막 감은 머리카락을 대충 말린 채 산발을 하고 돌아다니는 꼴이라니. 악몽에서나 볼 법한 장면이라고 생각하겠지.

퇴사를 하고 난 후 시간이 많다는 소문이 났는지, 부쩍 여러 곳에서 강연이나 북토크 등의 행사를 요청해오는 일이 잦아졌다. 이번 달은 특히 일정이 많아, 문단의 홍진영을 넘어 거의 홍길동이 된 지경으로 전국팔도를 다 누비고 다녔다. 그러면서도 간신히 습관으로 만들어놓은 운동의 끈을 놓치지 않기 위해 노력했다. 최소한 일주일에 4회 이상 아침에 근력과 유산소 운동을 했으며, 헬스장 샤워실에서 급하게 드라이를 하고 단장한 후 고속버스나 기차에 몸을 싣는 일이 잦았다. 운동을 마치고 빠르게 먼 곳으로 이동할 일이 많다 보니 복장도 자연히 더 간소화되었고, 최대한 편한 옷을 고르게 됐다. 이런 내 모습에 대해 평소에는 별생각이 없다가, 가끔 누군가가 지적을 하거나 피드백 차원에서 올라온 행사 사진을 찾아볼 때면 아, 내가 반바지를 입고 있었구나! 뒤늦게 깨달을 따름이었다.

(평소에는 이상하고 추잡한 인간이면서 무대에 올라서면 그럴듯한 소리를 해대서 도무지 적응이 안 된다는 이유로) 내 행사는 잘 오지 않는 김이 두 번째 책《대도시의 사랑법》이 나오고 처음으로 내 북토크 자리에 찾아온 적이 있었다. 출판사에서 도서관의 커다란 홀을 대관해

성대하게 열어준 행사였다. 공간이 넓고 교통이 편리한 곳이라, 평소에는 내 작품 활동에 별 관심이 없던 친구들도 꽤 많이 참석해주었다. 나는 많은 좌중 앞에서 잔뜩 긴장을 한 채로 열심히 행사를 진행하고 있었다. 그런데 무대 앞좌석에 앉아 있던 김이 계속 내게 핸드폰을 확인하라고 사인을 보냈다. 나는 시간을 확인하는 척 곁눈질로 핸드폰을 보았고, 김이 보낸 문자 수십 통의 썸네일이 화면을 뒤덮고 있는 것을 확인했다.

다리 내려.

박상영, 다리 내리라고!

바지가 너무 짧아, 다리를 꼰 채로 앉으니 속이 훤히 보인다며 김이 긴급하게 보낸 문자였다.

얼마 전 한 인터넷 서점에서 운영하는 팟캐스트 공개 방송 때에도 별생각 없이 평소에 입던 옷을 입고 갔는데, 어김없이 짧은 반바지에 대한 농담 어린 소리를 들었다. 다행히 진행자이자 행사 9단이기도 한(?) 김하나 작가 역시 나와 비슷한 기장과 디자인의 바지를 입고 계셔서 조금 안심이 됐다. 나는 뻔뻔한 얼굴로 우리 둘을 '짧은 반바지파'라고 명했다.

작가 데뷔 초만 해도 책 관련 행사가 있을 때면 마치 중견기업 영업직 사원처럼 칼정장만을 고수하곤 했었다. 독자를 접할 기회가 적었을뿐더러, 매 순간 내가 보여줄 수 있는 가장 최고의 모습을 보여줘야 한다는 강박이 있었다. 그런데 하루가 다르게 살이 찌고 입을 수 있는 셔츠가 점점 줄어들면서부터 그런 원칙이 무너졌다. 외적인 모습에 최선을 다한다는 게 어느 순간부터 일종의 허상처럼 느껴졌고, 내가 지금껏 가져왔던 쓸데없는 자기 강박의 연장선이 아닐까 하는 생각도 들었다. 매분 매초 더 나은 가치 기준을 만들어내는 자본주의사회에서 최선이라는 것이 존재할 리 없다. 시상식도, 북토크도 일종의 축제(?)이자 잔치인데 즐기라고 있는 거 아니겠어? 포멀한 정장이 원칙인 행사 장소를 제외하고는 그냥 편한 옷을 입고 다니기로 마음먹었다.

꽉 끼는 정장 바지에 가로 주름이 간 것을 신경 쓰는 대신 내가 하는 말이나 태도, 내게 주어진 마이크에 신경 쓰는 것이 작가이자 강연자로서 더 나은 선택이지 않을까? 그것이 비록 기성복 상점에서 옷을 살 수 없게 된 내가 하는 자기합리화일지라도 말이다. 그래, 양질의 토크를 하는 게 중요하지 복장이 뭐가 그렇게 중요하겠어(물론 내가 아무렇게나 쏟아내는 말이 양질인지는 생각해볼 만한 문제이지만 말이다). 그렇게 나는 오늘도 또다시 굶고 자야지 다짐하면서, 결국에는 실패할 것을 알지만 나 자신과의 화해를 시도하는 중이다.

16

이를테면
나 자신의 방식으로

*

한국에서 작가로 살아남기는 쉽지 않다. 매년 여러 신인상이나 신춘문예, 인터넷 공모 등 다양한 루트를 통해 수많은 신인이 쏟아지는데 그중에서 정식으로 책을 출간하는 사람은 많지 않다. 매 작품이 냉엄한 평가를 받는 것은 기본이거니와, 특히 나 같은 신인에게는 매 기회가 거의 마지막이나 다름이 없으며, 이 때문에 첫 책을 낼 때까지 거절은 감히 꿈꿀 수조차 없었다. 그렇게 간신히 첫 책을 낸다고 해서 사정이 나아지는 것도 아니다. (어느 업계가 그렇지 않겠냐마는) 인지도가 있거나 자리를 잡은 작가의 경우 비교적 쉽게 마케팅을 할 수 있다면, 이름값이 한없이 0에 가까운 신인 작가는 정말이지 눈물겨운 노력으로 온 힘을 다해 책을 알려야만 한다.

운 좋게 두 번째 책을 낸 나도 사정은 별반 다르지 않아 책을 내고 기꺼이 (혹은 어쩔 수 없이?) 독자와의 만남 행사와 인터뷰, 북토크 행사에 전방위로 참여하게 되었다. 사실 작가에게 할 수 있는 질문이란 한정적이어서 매번 비슷한 질문에 돌림노래처럼 대답을 하기 마련인데, 그중에서 가장 압도적으로 많이 듣는 질문이 있다.

처음 글을 쓰게 된 계기는 뭔가요?

왜 소설가가 되셨나요?

사실 작가에게 할 수 있는 가장 일반적이고도 평범한 질문임에도, 나는 매번 이 질문 앞에서 약간은 아연한 기분에 사로잡히곤 한다. 내가 기억하기 전부터 나는 막연히 글쓰기를 좋아해왔으며, 뭐 어떤 특별한 계기로 작가가 되기로 마음먹은 것은 아니었기 때문이다. 물론 그렇다고 해서 아예 계기가 없던 것은 아니라, 구태여 꼽자면 몇 가지 일화들이 있기는 하다. 일단 어릴 적부터 애거서 크리스티 전집이나 《해리 포터》와 같은 책들을 항상 끼고 살았으며, 못 말리는 독서광이었던 것도 한 이유가 될 것이다. 다른 글이 아닌 굳이 '소설'가가 되기로 마음먹었던 것은 글쎄, 그것이 내게 가장 적합한 방식이어서가 아닐까? 오히려 살면서 천천히 작가라는 삶의 궤적으로 인생이 기울었다고 표현하는 쪽이 맞을 것이다.

태어나서 가장 먼저 읽었던 한국 현대 소설을 아직도 생생히 기억하는데, 그것은 박완서 작가의 《아주 오래된 농담》이었다. 현실을, 가장 현실에 가까운 농도로 재현한 그녀의 소설을 보며 뭔가 굉장히 매력적이라는 생각을 했다. 그 뒤로 한국 현대 소설의 매력에 푹 빠져 여러 작가를 따라 읽기 시작했다.

이후로도 나를 뒤흔든 한국 소설들이 몇 있다. "나는 삶이 내게 별반 호의적이지 않다는 것을 알았기에 열두 살에 성장을 멈췄다"고 선언하는 조숙한 주인공이 등장하는 은희경 작가의 《새의 선물》은 아무렇지도 않은 표정으로 무리들 안에 섞여 있지만 실은 소외감에 곪아가고 있던 10대의 내 삶에 큰 위안이 되어주었다.

또한 신경숙 작가의《외딴방》은 대학별 고사를 치르기 위해 서울에 홀로 올라와 있던 열아홉 살의 내가 가장 깊이 감정이입했던 소설이었다. 구로 공단 근처의 외딴 방에 살며 낮에는 직공으로 밤에는 산업체 학급의 일원으로 살아가는 그녀의 궤적을 보며, 아무에게도 이해받을 수 없는 고독과 세상의 주변부만 훑고 있는 것 같은 감각을 간직한 사람이 나 혼자만이 아니라는 것을 깨달을 수 있었다.

무사히 대학에 진학하고 난 후에도 나의 그런 '소외감'은 사라지지 않았다. 오히려 강도와 종류를 달리해 계속 지속되었을 뿐이었다. 사람들 사이에서 아무렇지 않게 왁자지껄 떠들고 나서 집에 들어오면 이유 없는 후회와 공허감이 찾아들었다. 그럴 때마다 나는 내 좁은 자취방에 앉아 책을 읽곤 했으며 그 순간만큼은 내가 '나 자신'인 것 같다는 생각이 들었다. 신문사나 출판사에서 운영하는 아카데미에 소설 창작 수업을 들으러 가면서도, 철마다 찾아오는 신춘문예나 문예지 공모에 소설을 투고하면서도 딱히 소설가가 될 것이라는 자의식이나 대단한 희망 같은 것은 없었다. 오히려 그저 젊은 시절 내가 시도해볼 수 있는 많은 직업의 선택지 중 하나 정도로 '소설가'를 인식했던 것이 아닌가 싶다.

본격적으로 소설을 쓰게 된 것은 첫 번째 직장을 다닐 무렵이었다. 당시 한 잡지사에 근무했던 나는 직장 내 '갈굼' 문화에 지칠 대로 지쳐 있었고, 타인의 생각을 받아 적는 것이 아닌, 나를 표현하는 글을 쓰고 싶다는 의지로 가득 차 있었다. 나는 바쁜 시간을 쪼개 문학과지성사에서 운영하는 문지문화원의 소설 창작 아카데미에 등록했고 그곳에서 왠지 나와 코드가 잘 맞아 보이는, 내 또래의 한 여자를 만났다. 그것은 바로 (지금은 동료 작가가 된) 김세희.

김세희와 나는 수업이 끝나고도 '로얄 노래방'이라는 스터디 그룹을 함께 결성했고 일주일에 한 권씩 책을 읽으며, 한 달에 한두 편씩 80매짜리 단편소설을 쓰며 투지를 불태웠다(생산력과 투지만 엄청났던 시절이었다). 당시 김세희는 20대 커플이 겪는 여러 일을 썼고, 나는 직장 생활에서 오는 분노와 퀴어 소재의 소설들을 주로 썼다. 당시 우리가 썼던 소설은 별 볼 일은 없었지만 진정성(이라는 것이 뭔지 모르겠지만, 아무튼 그것이 있다면 매우 가까운 것)이 가득했던 것 같다. 어쩌면 한없이 우리 자신의 모습과 가까운 그런 형태의 글들. 그때 우리는 글쓰기를 통해 단순히 세상에 없는 어떤 픽션들을 창조했던 것이 아니라, 자신의 내면에 있던 어떤 문제들에 대해 끊임없이 질문을 구했던 것 같다. 그렇게 어느 순간 소설 쓰기의 매력에 흠뻑 빠져버린 나는 결국 정신을 차린 순간 직장을 그만두고 대학원 문예창작과에 진학하게 되었다. 내 경우는 일종의 배수진을

친 셈이었다. 2년의 시간 동안 아무 성과가 없다면 미련 없이 글쓰기를 포기하겠다는 생각이었다.

대학원까지 입학하고 나니 더는 갈 곳이 없어져버린(?) 나는 역시나 뜻이 맞는 친구들과 만나 스터디를 하기 시작했다. 당시에 이미 등단한 상태였던 강화길과 송지현, 임승훈 등의 소설가가 그때 나의 글동무가 되어주었다(충무로 근처에 족발이 유명하다는 이유로 '황금족발비밀결사대', 줄여서 '황족비결'이라는 이름을 내가 지었다). 우리는 모두 첫 번째 책을 준비하고 있는 '신인(특히나 내 경우는 그 어떤 계약도, 문학상을 수상한 적도 없으므로 자칭) 작가'였으며 역시나 일주일에 한 번씩 모여 당대에 발표된 단편소설을 모두 모아 읽거나 추리소설과 스릴러, 온갖 종류의 장편소설을 읽으며 맹렬히 자신만의 성을 쌓아가기 시작했다. 당시의 나는 데뷔를 위해, 내 책을 가진 작가가 되기 위해, 당대에 유행하는 기법과 주제를 분석하는 데 혈안이 되어 있었다. 일종의, 남에게 인정받기 위한 글이라고도 볼 수 있을 것이다. 그렇게 지구상에 존재하는 거의 모든 문학상과 신춘문예에 투고했던 나는 약 3년의 시간 동안(과장이 아니라 산술적으로) 50번도 넘게 고배를 마셨고, 누구보다도 풍족한 소설 재고와 그만큼의 절망감을 가진 한심하고 모자란 취업준비생이 되어 있었다. 그사이 동료였던 김세희가 먼저 등단을 했으며, 역시나 함께 공부했던 강화길은 첫 번째 책을 낼 준비를 하고 있었다. 나는 밀린 카드값을 갚기 위해 작은 회사에 취직을 했고, 이제 정말 미련을 버려야겠다는 마음을 먹고 있었다. 당시 힘겨워하던 내게 동료였던 송지현과 강화길이 해주었던 말이 있다.

"너는 평소에 말하는 건 웃긴데, 이상하게 글만 쓰면 쓸데없이 진지해지는 것 같아. 그냥 네 말투로 써봐. 너답게."

나는 마치 드라마 주인공이 된 것처럼 '도대체 나다운 게 뭔데'라는 질문에 사로잡혀 이전과는 다른 글을 쓰기 시작했다. 나의 말투로 당시에 내게 가장 중요했던 문제를, 마치 현실에 일어날 법한 사건으로 재구성해 소설이라는 장르로 묶어본 것이었다. 어쩌면 에세이에 가까운, 이를테면 한없이 나 자신에 가까운 방식의 그런 글을. 그리고 나는 실로 오랜만에 해방감을 느꼈던 것 같다. 남을 바라보며, 남에게 인정받기 위해 시작했던 행위라고 생각했던 글쓰기가, 실은 나 자신을 향해 나 있던 길이었다는 것을 새삼 깨닫게 된 거였다. 그때 썼던 두 편의 소설을 문학동네 신인상에 투고했고, 나는 그토록 바라던 작가가 되었다(마치 거짓말처럼!). 그리고 지난 3년 동안 나는 눈을 가린 경주마처럼 정말 미친 듯이 앞으로 달렸다. 달리기만 했다.

앞선 질문과 더불어 요즘 가장 많이 듣는 질문은 "회사를 다니시면서 어떻게 소설을 두 권이나 쓰셨나요?"이다. 이런 질문을 들을 때마다 나 역시도 어떻게 그런 일들이 가능했는지 모르겠다고 (약간 겸손한 표정으로) 대답하곤 했지만, 실은 이제는 조금은 알 것 같다. 내게 있어서 회사 생활과 글쓰기는 마치 세트상품 같은 일이었다는 것을. 글을 쓰는 행위 자체는 회사 생활의 다른 모든 업무와 다를 바 없는 '노동'이지만, 실은 나는 글쓰기를 통해 일종의 '존재 증명'을 했던 것일지도 모르겠다. 소모적으로 남의 일을 해주고 있다는 생각으로부터 자유로워져, 내 목소리로 나만의 이야기를 풀어내고 있다는 그 감각이, 수면장애를 앓으며 쪽잠을 자면서도 계속해서 돈을 벌어야 하는 나의 현실을 버티게 해주었다.

얼마 전 나의 친구 송지현 작가가 (그녀 특유의 완벽주의적 성향과 게으름 탓에 이제야) 자신의 첫 번째 소설집 《이를테면 에필로그의 방식으로》를 냈다. 그 소설집에는 이런 대사가 나온다.

"이런 걸 성장이라고 부를 수 있을까? 바삭하고 건조해지는 것 말이야."

어쩌면 나는 한없이 바삭하고 건조해지는 길을 걸으

며 나 자신을 향해가고 있는 것일지도 모르겠다. 어쩌면 그것을 일종의 성장이라고 부를 수 있을지도.

17

부산국제영화제

*

당시 나는 지하철의 딱딱한 의자에 구겨져 앉아 허리에 통증을 느끼고 있었다. 강의를 위해 경기도의 한 대학으로 향하던 중이었고, 30년 동안 경기도에 거주했던 작가 송지현이 했던 말을 떠올리고 있었다.

“경기도인들은 인생의 30퍼센트를 대중교통에서 흘려보내. 때문에 경기도에 살면서 좋은 성격을 유지하기란 참으로 힘든 일이지.”

과연 그것이 정말 어려운 일인 것 같다는 생각을 할 때쯤 낯선 번호로 전화가 걸려 왔다. 전화를 받아보니 자신을 부산국제영화제의 프로그래머라고 소개한 남성이 나를 부산국제영화제의 ‘시네마 투게더’라는 프로그램의 멘토로 섭외하고 싶다고 했다. 나는 영화인도 아닌 저를 어떻게 아시고 연락을 하셨냐고 물어보았고, 프로그래머는 내 작품 〈부산국제영화제〉를 재밌게 보았다고 했다.

2018년 5월, 나는 《현대문학》이라는 잡지에 중편소설 한 편을 발표했다. 소설의 제목은 〈부산국제영화제〉. 해당 작품은 내 등단작이었던 〈패리스 힐튼을 찾습니다〉의 후속편이며 동시에 내 첫 번째 소설집 《알려지지 않은 예술가의 눈물과 자이툰 파스타》의 작품들 중 가장 마지막에 쓰여졌다. 단편 〈부산국제영화제〉에 영화와 관련된 내용은 거의 등장하지 않는다. 부산국제영화제라는 공간은 주인공 박소라가 영화를 출품했다 떨어진, 좌절된 꿈의 상징이며 스물한 살짜리 군인과 함께 신나게 바람을 피우는 장소에 불과하다. 그런데 그 소설로 말미암아 내게 영화제 프로그램 초청 연락이 올 줄이야. 소라가 초대받지 못한 부산국제영화제에 내가 초대받게 된 것이 괜히 아이러니하면서도 의미심장(?)하게 느껴졌다.

전화를 끊고 나는 얼른 영화인 친구 김에게 전화를 걸었다. 그리고 해당 프로그램이 어떤 것인지 물었다.

"그거 무조건 해."

"페이는 들어보지도 않고?"

"돈 안 받고도 하는 거야, 그건."

돈 없이는 침대 밖으로 한 발자국도 나가지 않는다는 원칙을 가지고 있는 나인데…. 얘기를 들어보니 프로그램 자체는 크게 어려운 것은 아니었다. 영화제 상영작 중 다섯 편 내외의 영화를 골라, 나를 멘토로 고른 10명의 관객과 함께 영화를 보고 간단히 토론을 하면 된다고 했다. 기차표며 숙소 예약조차 쉽지 않은 영화제 기간에 호텔이며 교통편까지 다 제공해준다고 하고, 거기다 영화까지 다섯 편 볼 수 있다고 하니 땡큐지 뭐, 하는 안일한 마음이 들었다. 내게 닥쳐올 미래는 알지 못한 채.

영화제 측에서 잡아준 해운대의 호텔에 도착했을 때 나는 환호성을 질렀다. 높은 층에 창문까지 커서 바다가 한눈에 내려다보였다. 게다가 객실이 궁궐처럼 넓었고, 심지어는 침대도 세 개나 놓여 있었다. 나머지 두 개의 침대는 도대체 어디에다 쓰라는 건지 알 수 없었지만. 호텔 1층에서 일하고 있는 영화제 스태프들에게 전해 들은 바로는, 영화제에 참석하는 배우들도 나와 같은 호텔에 묵고 있으며, 엘리베이터나 식당에서 술에 절어 초췌한 모습의 유명인들을 심심치 않게 볼 수 있다고 했다. 영화 상영과 행사가 주로 열리는 센텀시티까지는 도보로 40분 정도 되는 거리였다. 나는 3박 4일의 일정 동안 유산소 운동 할당량도 채울 겸 숙소에서 영화관까지 걸어가기로 마음먹었다(지키지 않을 결심을 하는 데는 소질이 탁월한 나였다).

짐을 풀자마자 부랴부랴 영화제 공식 행사 일정을 소화했다. 첫 번째 영화인 자비에 돌란의 〈마티아스와 막심〉을 보고 나왔을 때 웃긴 일이 벌어졌다. 영화관 앞에서 어떤 남성이 홍보용 전단지를 나눠 주고 있었다. 종이를 받아 들고 보니 부산국제영화제 속 퀴어 영화

목록을 적어놓은 전단지였다. 멘티들을 기다리며 종이를 보는데 갑자기 전단지를 나눠 주던 남성이 내게 말을 걸었다.

“혹시, 작가님 아니세요?”

나는 당황해서 아주 작게, 다 죽어가는 목소리로 “아… 네…”라고 말했다.

“맞네, 맞아. 저 작가님 엄청 팬이에요.”

“아… 정말 감사합니다.”

남성은 자신을 미국에서 막 들어온, 영화계 관련 사람이라고 소개했다. 나는 쑥스럽고 불편한 마음이 들었고, 다음 상영작을 보기 위해 얼른 자리를 뜨려 했다. 그러자 그 남성이 내 앞을 가로막고 말했다.

“작가님 소설… 그… 여름… 그거! 재밌게 봤어요!”

2016년, 같은 해에 함께 데뷔한 이후로 정말이지 수천 번은 함께 소환됐던 여름…의 그 작가와 나. 나는 웃으며 “그 작가 아닙니다”라고 말했다. 멘티들은 전단지로 얼굴을 가리며 얼굴이 벌게진 채 웃음을 참고 있었다. 나 역시 웃음을 머금은 채 다음 영화를 보기 위해 멘티들과 함께 발걸음을 바삐 움직이기 시작했다. 남성은 그런 우리 일행을 뒤쫓으며 계속 말을 이어나갔다.

"작가이기는 한가 보네요. 뭐 쓰셨어요? 퀴어 소설 쓰신 것 맞죠?" 우리는 결국 참지 못하고 영화관이 떠나가라 신나게 웃었다.

그날 총 세 편의 영화 관람을 마친 멘티들과 나는 영화관 근처의 호프집에 모여 함께 본 영화에 대해서 이야기했다. 뒤풀이까지 다 끝냈는데도 시간은 자정이 채 되지 않았다. 영화계 사람들은 저마다 아는 사람들과 삼삼오오 모여 어디론가 떠나갔다. 나는 홀로 느릿느릿 호텔로 걸어왔다. 술도 깨고 잠도 오지 않았던 나는 별 수 없이(?) 제작사 직원의 자격으로 부산에 내려와 있던 김에게 전화를 걸었다. 김은 다소 피곤한 목소리로 전화를 받았다. 나는 방에 침대가 세 개 있다는 사실을 알려주며, 내 방으로 오라고 그를 유혹했다. 탐탁지 않아 하는 김에게 술과 안주 일체를 내가 쏘겠다고 말하자 그는 두말도 않고 내 방으로 달려왔다. 김과 나의 숙소는 지도 기준 도보로 10분 거리였는데, 막상 김이 도착할 때까지는 5분이 채 걸리지 않았다. 나는 발바닥에 땀이 나게 뛰어온 그에게 캐리어에 고이 모셔 온 보드카 한 병과 과자를 꺼내 주었다. 우리는 함께 술을 마시고, 과자를 씹었다. 이럴 거면 도대체 나는 왜 호텔까지 40분이나 땀 흘리며 걸어온 걸까, 피어나는 자괴감을 꾹꾹 누르기 위해 더 빨리 술을 마셨다. 평소처럼 별로 재미도 없는 얘기가 오고 가는데, 김이 영화제에 오기 바로 전 고향 집에 들렀던 얘기를 하기 시작했다. 만난 지 10초만 지나도 으르렁대기 바쁜 우리 가족과는 달리 예전부터 김의 가족은 사이가 좋았다. 서로를 존중하고 친구처럼 다정하게 전화 통화도 하고 가끔씩 가족 여행도 가는 등. 나는 내심 김의 가족을 부러워했다. 그런데 이번 만남은 평소와는 조금 달랐다고 했다.

“현관문을 열고 들어가자마자 엄마가 한 말이 뭔 줄

VODKA
Potato Chips

알아?”

“모르지.”

“‘너 왜 이렇게 살쪘니’였어.”

“내 일상에 온 걸 환영해.”

“나, 정말 그렇게 심하게 살쪘어?”

“맨날 보니까 난 잘 모르지.” (라고 말한 후 김의 눈을 피하기 시작한 나.)

“아, 진짜 죽고 싶어.”

아직도 몸무게가 두 자릿수인 주제에, 고작 몇 킬로그램 찐 것 갖고 죽고 싶다느니 오두방정을 떨어대는 김이 가소로웠지만, 공감 능력이 뛰어나며 우아한 현대인의 자세를 잃지 않기 위해 나는 열심히 고개를 끄덕여주었다. 그런 나를 보며 김이 그윽한 시선으로 말했다.

“있잖아. 상영아, 세상에 우리 둘만 남았으면 좋겠어.”

“갑자기 뭔 (개)소리야?”

"그럼 내가 세상에서 제일 날씬한 사람이 되잖아."

나는 먹던 과자를 내려놓고 세상 가장 진득한 욕을 김에게 퍼부었다. 그리고 우리는 다시 보드카를 비우는 데에 온 신경을 집중했다.

정신을 차렸을 때는 이미 사위가 밝아져 있었다. 나와 김은 각자의 침대에 누워 있었고, 불길한 화창함이 내 몸을 감쌌다. 핸드폰을 들어 시간을 확인해보니, 첫 상영작의 시작 시간이 채 20분도 남지 않아 있었다. 나는 침대에서 튀어 나가 후드티를 걸치고 곧바로 객실 문을 열었다. 엘리베이터를 타고 발을 동동 구르다 문이 열리기 무섭게 다시 한번 로비 바깥으로 달려 나갔다. 문 앞에는 호텔의 임금 정상화를 위한 시위가 한창 벌어지고 있었다. 나는 급하게 호텔 앞의 택시를 잡아 타고 기사님에게 '영화의 전당'에 가달라고 다급히 외쳤다. 기사는 내가 타지에서 왔음을 바로 캐치한 듯했다. 그는 시위대를 보며 혀를 끌끌 찼다. 이게 다 중국인들이 호텔을 인수해서 생긴 문제라며 호텔의 재무구조에 대해서 상세히 설명하기 시작했다. 나로서는 알 수도 없고 알고 싶지도 않은 정보였고 다만 빨리 좀 가 주셨으면 하는 마음이었다.

극장에 도착했을 때는 아슬아슬하게 영화가 시작되려 하고 있었다. 나는 극장 앞에서 대기 중이던 나의 멘티들과 함께 무사히 영화를 관람할 수 있었다. 영화는 나쁘지 않았다. 전날의 과음 때문에 자꾸만 감기는 눈을 이겨내며 두 시간을 버텨냈다. 밖으로 나와 멘티들과 간단한 소감을 나눈 뒤 각자 한 시간 정도 휴식을 취하고 나서 두 번째 영화를 보기로 했다.

나는 영화의 전당 안에 있는 카페로 가 해장용 아이스 아메리카노를 시켰다. 자리에 앉아 핸드폰으로 얼굴을 비춰보며 눈곱을 떼고 얼굴 상태를 살폈다. 다크서클이 짙게 내려와 있었고 세수를 하지 않아 얼굴 곳곳에 버짐처럼 튼 자국이 나 있었다. 객실로 돌아가 잽싸게 씻고 나와야 하나, 아니면 급한 대로 화장실에서 물이라도 발라볼까, 생각을 하고 있는데 갑자기 길쭉한 그림자가 내 얼굴 앞에 드리워졌다. 고개를 들어보니 대학교 동아리 선배인 C가 내 앞에 서 있었다. 나는 황급히 티셔츠에 달린 후드로 머리며 얼굴을 가려보았지만, 이토록 거대한 머리가 가려질 리가 없었다.

"상영아! 나 너 못 알아볼 뻔했잖아."

내가 대학 사람들을 피하는 데는 다 이유가 있다. 졸업 후 30킬로그램이 넘게 살이 찐 나를 보고 대개 놀라거나, 다짜고짜 웃음을 터뜨리거나, 아니면 몹시도 측은한 표정을 짓곤 하니까. C 선배는 입가에 미소가 만연한 채 (그러라고 한 적도 없는데) 의자를 끌어다 내 맞은편에 앉았다. 나는 작디작은 커피 잔으로 얼굴을 가리기 위해 노력하며 선배에게 여긴 어쩐 일이냐고 물었다.

"나? 당연히 취재하러 왔지."

그러고 보니 언젠가 선배가 한 유명 일간지의 기자가 됐다는 소식을 들었던 것도 같았다. 선배는 내가 작가가 됐다는 사실은 익히 알고 있었다며, 내 소설이며 연재하고 있는 다이어트 산문(그러니까 바로 이 글)을 재밌게 보고 있다고 했다.

"사진으로 봤을 때도 좀 쪘다 싶기는 했는데 실제로 보니까 장난 아니다."

나는 사람 좋은 척 허허허 웃으며 선배의 이번 취재가 완벽히 망하기를 속으로 빌었다. 선배는 왜 하고많은 부서 중 문화부 기자인 것이며, 나는 또 왜 하필이면 머리도 감지 않은 채 그와 마주하게 되었는가. 선배는 그래도 예전에 삐쩍 말랐을 때보다 지금이 오히려 보기는 더 낫다며 다만 체지방을 줄이고 근력운동을 통해 건강한 몸을 가지면 좋을 것 같다고 묻지도 않은 평가를 해주었다. 나는 빨리 대화를 끝내고 싶은 마음에, 이미 일주일에 서너 번씩 피트니스 클럽에 나가고 있다고 흘리듯 말해버렸다. 선배는 얼굴에 웃음기를 싹

거둔 채 나를 빤히 보며 말했다.

"상영아, 운동이라는 게 되게 진실해. 안 하던 사람들은 일단 시작만 하면 되게 빨리 몸이 변할 거라고 생각하지만, 실은 이게 하루에 한 장씩 티슈를 얹는 거나 다름없거든. 요행을 바라지 말고 매일 휴지 한 장을 얹는다는 생각으로 꾸준히 해야 해."

선배도 그런 말을 할 정도로 대단한 몸은 아닌 거 같은데…. 자꾸만 내 몸에 관해 얘기하는 게 싫어 얼른 말을 돌렸다.

"선배는 퇴근하고 운동 가시면 힘들지 않으세요? 프리랜서인 저도 너무 힘들던데."

"나는 오히려 좋아. 운동하면 스트레스 풀리지 않니?"

전혀. 스트레스가 풀리기는커녕, 내가 왜 이런 걸 하고 있나, 속에서 천불이 나곤 하는 나. 대화가 더 길어져봤자 좋을 것도 없다는 생각에, 나는 예매해놓은 영화 상영 시간이 임박했다며 자리를 떴다. 선배는 내게 신작이 나오면 우리 매체랑 인터뷰라도 하자고 명함을 건넸다. 나는 그것을 받아 들고 상영관을 향해 걸어갔다. 선배가 돌아서기 무섭게 그의 명함을 구겨 주머니에 넣었다. 그리고 오늘 밤은 기필코 굶고 잘 것이라고, 또다시 지키지도 못할 다짐을 했다.

18

레귤러핏 블루진

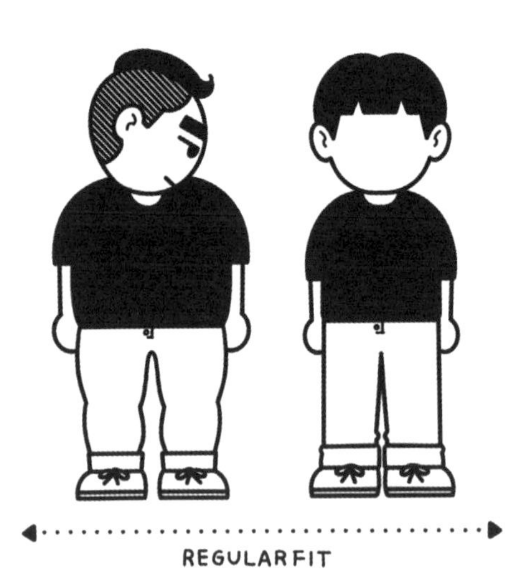

*

마지막 남은 청바지가 또 터졌다.

워싱이 과하지 않고 핏감이 좋아 아껴 입던 블루진이었다.

나는 한번 산 물건은 은근히 오래 쓰고 잘 못 버리는 편인데, 바지만큼은 예외다. 일단은 내 체형이 독특해 처음 바지를 살 때부터 애를 먹는다. 골반은 작은 편인데 허벅지는 (몹시도) 굵다. 체중에 비해 배는 덜 나온 반면 옆구리 살이 많다. 때문에 허벅지에 맞춰 옷을 고르면 골반 쪽이 남고, 허리에 맞춰 옷을 고르면 허벅지가 끼고, 밑위가 짧은 바지를 고르면 어김없이 두툼한 러브 핸들이 생기고…. 총체적 난국이 아닐 수 없다. 어찌어찌해서 꽉 끼는 바지를 골라 입으면 자연스럽게 천이 늘어나 조금 편해지기 마련인데, 문제는 비로소 내 몸에 딱 맞게 바지가 늘어나는 그 시점 즈음에 어김없이 허벅지 안쪽, 그러니까 양 허벅지 살이 맞닿는 부분이 터지고 만다는 점에 있다. 봉제선을 따라 예쁘게 터지는 것도 아니고 마찰로 인해 원단이 쓸려 구멍이 나는 것이니, 수선조차 힘들다. 비만인이 되고 난 후 거의 모든 바지가 그렇게 사망 선고를 받았다.

아무리 좋은 원단의 고급 브랜드 바지라도 사정은 다르지 않다. 때문에 나는 언제나 SPA 브랜드에서 그나마 질기고 합리적인 가격의 바지를 구매하곤 했었다. 좀 더 솔직히 말하자면 지난 3년여간 내가 거의 전적으로 애용해온 브랜드가 하나 있었다. 이제는 더 이상 이름을 거론할 수조차 없어진 U 브랜드. 불매운동의 대명사가 된 U 브랜드는 기성복 중에서 거의 유일하게 빅 사이즈(36인치 이상의, 동양인의 체형에 맞게 골반과 허벅지가 넉넉하면서도 기장이 과도하게 길지 않은) 옷을 싼 가격에 공급하는 업체였다. 사라진 선택지 앞에서 나는 절망할 수밖에 없었다.

그래도 여름에는 사정이 조금 나았다. 고무줄 반바지 몇 개를 돌려 입으면 됐으니까. 그런데 하루가 다르게 날이 추워지고 더 이상 반바지로만 버틸 수는 없는 계절이 다가오고 있었다. 처음 며칠간은 잠옷용 트레이닝복 바지를 입고 다니며 버텼으나 한계가 있었다.

특히 가을이 시작되고 여러 지자체나 도서관, 국제도서전 등지에서 책 관련 행사가 잡히기 시작했다. 아무리 나(?)라도 그런 곳에 트레이닝복을 입고 갈 수는 없었다. 특히 모 항구도시에서 열리는 국제작가회의에서는 아예 이와 같은 공고문이 메일로 오기도 했다.

> 국제 행사이므로 정장 혹은 단정한 캐주얼을 착용할 것을 권고합니다.

정영수 작가에게 이 문구를 보여줬더니 아무래도 너

때문에 일부러 만들어낸 조항 같다고 했다. 그간 내 행적(?)을 보면 완전히 틀린 말은 아닌 거 같아 숙연한 마음이 들었다.

몇몇 대중 브랜드와 큰 옷 전문 사이트에서 바지를 찾아보았으나 마음에 드는 바지를 찾는 데 실패했다. 결국 집 안을 뒤지고 뒤져 오래전 사놓고 어정쩡해 입지 않은 바지를 찾아냈다. 허리는 과도하게 큰데 허벅지와 종아리가 꽉 끼는 것으로 봐서는, 레귤러핏으로 나온 블루진을 실수로 구매해 입지도 않고 처박아놓은 것 같았다. 어쩌지 고민하다 묘안이 떠올랐다.

우리 동네 사람이라면 모두가 알고 있는, 거의 화타처럼 옷을 수선해주는 집이 하나 있다. 연세가 있으신 사장님은 두꺼운 돋보기안경을 낀 채로 바지 기장에서부터 가죽 재킷의 소매까지 모두 수선하는 그야말로 수선 장인이시다. 인간문화재나 다름없는 사장님이지만 문제가 하나 있는데, 일부러 가서 독촉하지 않으면 절대, 정말로 절대 옷을 수선해주지 않는다는 점이었다. 나는 임박한 행사 날짜에 맞추기 위해 바지를 들고 수선집으로 달려갔다.

사장님은 내게 바지를 입어보라고 하시더니 허리며 밑단 여러 군데에 시침핀을 꽂아놓으셨다. 그리고 커다란 산더미 같은 옷 무덤 위에 내 블루진을 턱 얹어 놓으며 말씀하셨다.

"다음 주 월요일에 와."

예전의 나였으면 순진하게 월요일까지 기다렸겠지만, 30대의 난 그토록 호락호락하진 않지!

"사장님, 저 많이 급한데…."

"얼마나?"

"오늘까지 해주시면 안 돼요?"

"오늘은 안 돼. 다음 주." (몹시 단호한 어조였다.)

"어쩌지… 중요한 자리라… 꼭 입어야 하는데…."

둘 사이에 묘한 긴장감이 감돌았고, 이내 사장님이 한숨을 내쉬며 말씀하셨다.

"알겠어. 이따 5시에 와."

나는 알고 있었다. 오후 5시에 가도 옷은 수선되어 있지 않으며 사장님은 손바닥만 한 브라운관 텔레비전에서 오래된 드라마를 재방송해주는 채널을 보고 있을 거라는 사실을 말이다.

역시나 5시가 되어 내가 가게 입구에 들이닥친 순간 사장님은 마치 처음 겪는 일이라는 듯한 표정으로 어머나 내 정신 좀 봐, 하며 옷 무덤에서 내 청바지를 건져 올리셨다. 내 덩치에 비해 너무 작은 스툴에 앉아서 핸드폰으로 넷플릭스를 보는 사이, 어정쩡하고 기장이 긴 레귤러핏 블루진이 비로소 내 몸에 맞게 고쳐졌다.

주말, 나는 무사히 그 청바지를 입고 국제작가회의에 참석했다. 한 세션당 세 시간이 넘는 긴 행사였는데, 실은 허벅지가 사정없이 조여서 힘들었다는 점을 밝힌다.

나와 함께 참석한 동료는 내 귀에 대고 “너 왜 이렇게 스키니진을 입고 왔어. 요즘엔 레귤러핏이 대세래”라고 말했고 나는 빙그레 웃으며 “이거 레귤러핏으로 나온 거야”라고 대답했으며 친구는 터져나갈 듯한 종아리를 보며 빵 터졌다.

레귤러(Regular)의 사전적 정의는 이러하다. ‘보통의, 평상시의, 균형 잡힌….’

즉, 레귤러 사이즈는 보통의, 균형 잡힌 사이즈라는 의미인데…. 도대체… 누굴 위한 레귤러핏이란 말인가!

행사와 옷 사이즈에 얽힌 굴욕(?)은 이뿐만이 아니다.

한번은 출판사를 통해 한 유명 의류 브랜드의 매장에서 행사를 진행한 적이 있었다. 행사에 참여하면 거마비와 더불어 해당 브랜드의 아우터 한 벌이 지급된다고 했다. 행사가 진행되는 동안 해당 브랜드의 옷을 입고 언론 노출을 하는 조건이었다. 어차피 입을 옷이 마땅치 않던 나로서는 고마운 일이었다. 피팅을 위해서 행사 시작 시각보다 한 시간 정도 일찍 오라는 행사 담당자의 말을 듣고 나서는 그러나, 조금 불안해졌다. 백화점이나 아울렛에서 그럴듯한 옷을 구매하려고 해도 국내 브랜드의 경우 아예 사이즈가 없던 적이 많았기 때문이었다. 그래도 중년 남성을 주 고객으로 하는 브랜드인 만큼 희망이 아예 없지는 않을 거라는 생각을 하며 행사장으로 향했다.

매장에 들어서자 출판사와 의류 브랜드의 직원들이 나를 반갑게 맞아주었다. 그중 유달리 표정이 어두운 사람이 한 명 있었다. 출판사 홍보 담당자는 그분을 이 매장의 매니저님이라 소개하며, 얼른 옷을 입어보자고 했다. 나는 쭈뼛쭈뼛해진 채 가방을 내려놓으며, “아이고 저한테 사이즈 맞는 옷이 잘 없을 텐데…”라고 말했다. 표정이 좋지 않던 매니저가 나에게 성큼 다가와 대답했다.

“네, 없을 것 같네요.”

"네?"

"맞는 아우터가 아예 없을 것 같은데요."

"아, 네…. 역시 그렇죠. 종종 그래요. 그럴 수 있죠."

몹시도 단호한 매니저의 표정 앞에서 나는 별달리 할 말이 없었다. 사람들 사이에 민망한 냉기가 감돌았다. 나는 뭐라도 해야 할 것 같다는 생각에 얼른 바닥에 내려놓았던 가방을 들어 무대 연단 쪽 의자에 올려두었다. 그리고 주변 구경을 하고 오겠다고 매장 밖으로 나섰다.

기분이 나쁠 일은 아닌 거 같은데, 왜 기분이 나쁘지. 대단한 모욕을 당한 것도 아니고, 그저 적당한 옷이 없다는 것뿐인데. 그래, 매장을 속속들이 알고 있는 전문가로서 그저 사이즈가 없다는 팩트를 전달한 것뿐이겠지. 너무 깊이 생각하지는 말자, 되뇌며 마음을 다잡았다.

나는 내 몸을 긍정하지 않는다. 부정하지도 않는다.

다만 그냥 있는 그대로의 나를 받아들이려고 노력한다. 작가로 막 데뷔한 시기에는 질겁하던 부하게 나온 사진도 요즘은 그냥 그렇구나 한다. 이전에 나는 나 자신의 몸과 정신이 고유하다고 주장하면서도, 나 스스로가 레귤러핏 블루진이 될 수 없음에 자주 절망해왔던 것 같다. 지금의 내 변화가, 나의 무뎌짐이 싫지도 좋지도 않다. 그냥 자연스럽게 느껴진다.

나는 요즘도 꾸준히 운동을 하고 있는데, 사람들에게 내가 운동하는 것을 알리지는 않는다. 운동을 한다고 하면, 심지어 웨이트트레이닝을 배우기까지 한다고 하면, 사람들이 모종의 기대하는 바가 있기 때문일 것이다. 가끔 누군가에게 이 사실을 말할 때면 나는 다소 방어적인 미소를 지으며, 오직 건강을 관리하기 위한 생존 운동이라고 말하지만, 사실 그것은 절반의 진실이다. 애초에 그토록 건강을 생각하는 사람이라면 매일 밤 굶고 자야지 다짐하면서도 폭식을 일삼지는 않겠지. 나도 내 마음을 잘 모르겠다. 기성복이 무엇인지, 레귤러핏이 무엇인지, 도통 알 수 없는 채로 나의 인생은 오늘도 똑같이 흘러간다.

19

내 생에 마지막 점

*

12월이 되고 내가 가장 먼저 한 일은 철학원에 예약 전화를 건 것이다. 신년을 맞아 토정비결을 보기 위해서였다.

뜬금없이 웬 점? 비과학적이고도 비합리적인 선택이라 생각할 수도 있겠다. 사실은 누구보다도 내가 그렇게 생각하는 편이다. 보수적인 기독교 가정에서 '모태신앙'을 강요당하며 자라난 나는 성인이 되고 나서부터 모든 종교 활동을 거부하였으며, 특히 눈에 보이지 않는 것은 믿지 않는 일종의 유물론자가 되었다. 그럼에도 불구하고 점, 그중에서도 사주를 주기적으로 보게 된 것은 워낙 벼랑 끝에 몰려서였다.

때는 2016년, 문예창작 대학원을 수료한 습작생이었던 나는 그야말로 패배감에 젖어 있는 상태였다. 등단

하기 전 6개월은 내 인생 최대의 암흑기였다. 2년 반 동안 필사의 노력으로 소설을 쓰고 50군데도 넘는 신춘문예와 문예지 공모전의 문을 두드렸으나 모두 낙선하고 말았다. 당초에 목표로 했던 등단 대신에 학자금 대출과 카드 빚을 떠안은 채 대학원을 수료한 나는 빚을 갚기 위해 생각해본 적도 없던 직장에 들어가 돈을 벌고 있었고, 그때의 그 상태는 뭐랄까… 차라리 죽는 게 낫겠다 싶은 마음. 인생에 퇴로가 완벽히 차단된 기분. 답답해하는 나를 보던 친한 형이 자신의 지인이 철학원을 운영한다며, 사주라도 보는 게 어떻겠냐고 했다. 타인을 잘 믿지 않고 의심이 많은 성격임에도 사주를 보러 갔던 건, 다 썩어버린 동아줄이라도 당시의 내게는 너무 절실했기 때문이었다. 이전의 나는 기복신앙이나 샤머니즘에 대해 접할 기회가 별로 없었다. 때문에 오히려 내가 잘 알지 못하는 대상으로부터 내 삶에 일말의 희망이라도 있다는 말을 듣고 싶었다.

절친한 작가인 송지현에게 사주를 보러 갈 나의 원대한 계획을 말하자, 지현은 자신도 동행하겠다고 말했다. 그녀의 어머니는 사주 카페를 열 목적으로 긴 시간 동안 명리학을 공부해왔고, 가게 오픈 조건이 맞을 때를 기다려왔으나 그런 때는 오지 않았고, 그 때문에 아직까지도 준비만 계속하고 있는 중이셨다. 지현 역시 그런 모친의 영향으로 사주 명리학의 준전문가가 다 됐으며, 시장조사(?)의 명목으로 용하다는 점집을 찾아다니고 있던 터였다.

그렇게 지현과 함께 찾아간 철학원은 예상과는 달리 꽤 편안한 분위기였다. 내 또래의 젊은 원장님과 지현은 식신이며 편관이며 겁재며, 나로서는 도저히 알 수 없는 전문가들만의 소통을 이어나갔다. 둘의 길고 긴 논의(?)가 끝난 후 내 차례가 되었는데 원장님은 내게 7월 즈음에 아주 운이 좋다고 공모전에 도전해보라고 했다. 기분이 좋아진 나는 마지막으로 이런 질문을 했다.

“그런데 저, 언제쯤 살을 뺄 수 있을까요?”

원장님은 매우 곤란한 표정으로 답했다.

“그건… 제가 아니라 병원에 물어보셔야….”

옆에서 듣던 송지현은 숨도 쉬지 못하고 웃었다.

아무튼 그해 7월, 나는 정말로 공모전에 당선돼 등단이라는 것을 해버렸고, 나의 등단을 점지한 철학원은 신세가 좋지 않은 습작생들로 문전성시를 이뤘다고 전해진다. 당연히 살은 여태까지 빠지지 않았고, 대신 연말마다 점을 보는 습관이 생겨버렸다. 물론 재미로.

올해도 나는 연례행사처럼 단골 철학원을 찾았다. 특히 2020년에는 (여러분들이 지금 읽고 있는) 에세이집의 출간과 이사를 가야 하는 문제가 겹쳐져 있어 그 부분에 대해 자세히 물어보았다. 나는 종이에 원장님이 말하는 내용을 꼼꼼히 받아 적었으나, 철학원을 나서기 무섭게 대부분의 내용을 잊고 살았다.

그로부터 얼마 지나지 않아 홍대에 놀러 갔을 때, 친

구의 손에 이끌려 용하다는 사주카페에 가게 되었다. 역시나 재미 삼아 친구와 함께 점을 봤는데, 이전에 내가 봤던 것과는 완벽히 다른 점괘가 나왔다. 특히 이사에 대한 의견이 그러했다. 이사하기 좋은 방향도, 시기도 다르게 말하는데 이상하게 기분이 찝찝했다. 애초에 그냥 인생의 잔재미 정도로 생각했던 사주 풀이였는데, 어느샌가 종교에 가까우리만치 맹신하고 있는지도 모른다는 생각이 들자 슬그머니 기분이 불편해졌다(얼마간은 종교에 투신해 있는 엄마의 확신에 찬 표정도 떠올랐다). 나를 사주의 세계로 이끈 송지현에게 이렇듯 혼란스러운 마음을 말하자 그녀가 명쾌한 해답을 내주었다.

“한 번 더 사주를 보고 난 다음에 더 많은 표가 나온 곳으로 이사해. 그리고 다시는 사주 안 보면 되지.”

나는 공인된 팔랑귀답게 고개를 끄덕이며 무릎을 탁 쳤다. 마침 송지현이 동료 소설가에게 아주 용하다는 철학원 정보를 알아놨다며 (역시나 시장조사 차원에서) 함께 가보자고 했다.

송지현과 나는 사주원정대를 결성해 그 유명하다는 철학원에 도착했다. 오래되고 허름한 외관과는 달리 안에는 꽤 많은 사람들이 있었다. 우리는 나란히 소파에 앉아 목소리를 낮춘 채로 한참 동안 어떤 것들을 물어볼 것인지, 어떤 방법으로 이 역술인을 검증할 수 있을지에 대해 논의했다. 30분 남짓 기다리자 우리의 차례가 됐고 내가 먼저 점을 보러 들어갔다.

머리숱이 다소 소박한 역술인께서 아주 사무적인 말투로 나의 생년월일시를 물어보셨다. 나의 신상 정보를 들은 그는 책을 뒤지더니 흰 종이에 알 수 없는 글씨들을 계속 적어나갔다. 그리고 뚫어지게 종이를 바라보던 그가 단호히 결론을 내렸다.

"부와 명예를 모두 거머쥘 탄탄대로 사주로군!"

"네?"

그는 더 볼 것도 없다며 책을 덮어버렸다. 이대로 나가기는 뭔가 아쉬워 나는 2020년 운세가 어떠냐고 물었다.

"2020년에는 무조건 성공한다. 뭘 하든 뜻하지 않게 대박을 치게 돼 있어."

너무 뜬구름 잡는 소리에 나도 모르게 의구심이 가득한 표정을 지어버렸다. 우리 둘 사이에 무언의 팽팽한 긴장감이 감돌았다. 한참 동안의 정적을 뚫고 역술인이 나에게 물었다.

"뭐 하는 분이신데?"

"저요? 음… 작가요(죄지은 것도 아닌데 왜 직업을 밝힐 때마다 이토록 부끄러운 것인지)."

"작가라고? 잘했네. 성격에 딱 맞는 직업을 구했어. 2020년 운세 정도면 신춘문예에 무조건 응모해야 해. 그런 데 응모하면 무조건 된다고 보면 돼."

"선생님, 그런데요… 제가… 이미 신춘문예 같은 거에 당선돼서요… 더 응모할 데가 없는데…."

"그럼 이제 영화 나와? 언제 나와? 책은?"

"영화 쪽은 아니고… 내년에 에세이집을 내기는 하는데 그걸 내년 언제쯤 내야 할지도 모르겠고…."

"그냥 아무 때나 내."

"아무… 때나, 요?"

"언제 내도 무조건 돼."

나는 아무 대답도 않고 끄응 앓는 소리를 냈다. 이토록 모호한 점괘는 처음이었다. 이사를 어느 동네로 가면 좋을지 묻자, 역시나 그 어떤 곳에 가도 상관이 없으며 부동산 투자를 하면 성공할 팔자라고 했다. 이쯤 되면 언제쯤 살을 뺄 수 있을지 물어도 내년에 모조리 다 빠진다고 하겠군, 하는 생각이 들었다. 아무 대답도 않고 있는 나를 보며 역술인이 새 종이를 빼 들었다. 그리고 그림을 그리기 시작했다. 구불구불한 선분 두 개를 나란히 그리던 그는 그 끝에 32라는 숫자를 썼다. 그리고 이어서 갑자기 바깥으로 넓어지는 직선 두 개를 그렸다. 그리고 이렇게 말했다.

"이 구불구불한 자갈밭이 지금까지의 삶이라면, 앞으로의 인생은 10차선 도로야. 내년부터 마흔두 살, 쉰두 살… 여든두 살까지 재물과 명예가 쭉 뻗어 있어."

연달아 그는 내게 배우자 복과 자식 복(?)이 있다며, 자제를 낳을 시에는 반드시 법관을 시켜야 한다고 했다. 나는 약간 '뭐라고요?' 하는 기분이 들었지만, 문을 열고 바깥으로 나설 때는 확실히 기분이 좋아진 게 느껴졌다. 시계를 확인하니 고작 15분 남짓의 시간이 지나 있었다. 대기실 소파에 앉아 있던 송지현이 웃고 있는 게 보였다.

"너 배우자랑 자식 복 얘기 하는 거 들려서 웃겨 죽을 뻔했어."

도통 방음이 되지 않는 곳이었다.

송지현 역시 나와 비슷한 시간 동안 점을 봤고, 역시나 나와 같은 그림을 받아 든 채 밖으로 나왔다. 다른 점을 꼽자면, 내게는 2020년부터 쭉 뻗어나갈 운세라고 했다면 그녀에게는 2022년부터 재물이 쏟아진다고 했다는 것 정도? 죽는 그날까지 돈 걱정 없이 살 것이라고 한 것은 같았다. 어쩌면 역술인께서 우리의 행색(?)을 보고 현재 가장 필요한 이야기를 해준 것일지도 모른다는 생각이 들었다.

우리는 철학원 건물 근처에 3900원짜리 안주를 파는 실내 포차에 갔다. 맥주 네 잔을 시키면 감자튀김 한 그릇이 무료라고 해서, 계속 네 잔을 시키면 끊임없이 감자튀김을 무료로 줄까? 만약에 그게 안 된다면 계산을 한 뒤 다른 테이블로 옮겨서 메뉴를 시키면 될까, 와 같은 궁상맞은 논의를 하다 헤어졌다.

집에 오는 길, 나는 결심했다. 사주팔자 다 맞는 것도 아니고, 어차피 기분 좋은 말을 듣기 위해 가는 것이니 이제부터 내 인생은 탄탄대로라고 믿기로 했다. 더불어 내 인생에 더 이상의 점은 없다. 그러니까 오늘 나는 내 인생 마지막 점을 본 것이다. 나란 인간이 얼마나 얄팍한지, 그렇게 다짐을 하고 나니 거짓말처럼 침대에 누워도 허전하고 공허한 마음이 들지 않았다. 습관처럼 치받던 식욕조차 들지 않았다. 그날 나는 30대가 된 이

후 거의 처음으로 '오늘 밤은 굶고 자야지'라는 생각을 하지 않은 채 편히 잠들 수 있었다.

20

하루가 또 하루를 살게 한다

*

작년에 나온 내 소설집《대도시의 사랑법》은 여러모로 분에 넘치는 사랑을 받았다. 몇몇 매체에서《대도시의 사랑법》을 '올해의 책'으로 선정하였고, 심지어는 2010년대를 대표하는 소설로 꼽아주기도 했다(정말 감사합니다). 덕분에 새해부터 여러 매체와 인터뷰를 하게 되었다. 그중엔 패션지도 포함되어 있었는데 신인 작가의 본분을 다하고자 별 고민 없이 다 수락했다. 나도 잡지사에 근무했던 주제에 도대체 무슨 자신감이었을까? 화보에 필요한 옷 공수를 위해 신체 사이즈를 묻는 에디터의 문자를 받고 나서야 정신이 들었지만 후회해도 이미 늦은 일이었다. 나는 여전히 인생 최고 몸무게를 유지한 채, (아마도 스타일리스트들이 안간힘을 다해 구해 왔을) 빅 사이즈의 옷을 입고 포토그래퍼가 요구하는 온갖 포즈를 지으며 사진 촬영을 단행했다(완성된 화보를 보고 친구들은 더없이 즐거워하며 나를 놀렸다).

인터뷰 중 한 매체로부터 이러한 질문을 받았다.

“새해 목표가 무엇인가요?”

별로 대단치도 않은 질문에 나는 한동안 아무 대답도 하지 못했다. 말 못 해 죽은 귀신이 붙은 내게 그런 정적은 좀체 없는 일이었다. 잠시 후 ‘에세이집을 무사히 출간하는 것’과 ‘다이어트’라는 무난하고도 판에 박힌 대답을 하기는 했지만 사실 그게 내 진짜 목표는 아니었다. 고백하자면 아무런 목표도 떠오르지 않았다.

지금까지 내 인생에는 언제나 목표가 있었다. 고등학생 때는 대입, 대학에 들어가고 나서는 취업, 직장에 들어갔을 때는 퇴사(?), 그 후로는 등단과 출간 등을 목표로 했었다. 눈앞에 보이는 목표가 있을 때는 현실이 힘겨울지언정 절망적이지는 않았다. 목표를 향해서 나아가면, 삶의 조건을 하나씩 개선해나가다 보면 더 나은 삶을 살 수 있을 것이라는 어렴풋한 희망이 있었던 것 같다. 녹록지 않은 상황이 닥쳤을 때, 더러는 완벽히 실패해버렸을 때에도 조금씩 궤도를 수정해가면서 그저 열심히 달리면 된다고 생각했다. 지금까지 내 삶에서 그런 전략은 실제로 유효했다. 대학에 합격했을 때, 취직했을 때, 50번도 넘게 낙방한 후에 간신히 등단했을 때, 책을 냈을 때, 나는 진심으로 행복했으니까. 그러나 나는 간절히 바라던 것을 이룬 후의 삶에 대해서는 한 번도 생각해본 적이 없었다.

고등학교 기술·가정 과목에서(아직도 그 과목이 존재하는지는 모르겠지만) 생애주기라는 것을 배웠던 것이 새삼 떠오른다. 영아기와 유아기를 거쳐 중년기와 노년기에 이르기까지, 인생을 나이에 따라서 여러 주기로 나눠놓은 표였다. 각 생애주기별로 교육과 취업, 결혼과 출산 등이 차트처럼 차곡차곡 정리되어 있는 표를 시험기간에 달달 외웠던 기억이 있다. 딱히 교과서적으로 살아본 적도 없는 주제에 나는 언제부터인가 인생의 주기에 따라 끊임없이 과업들을 성취해나가야

만 한다는 강박을 가져왔던 것 같다. 심지어는 그 과정에서 발생하는 감정의 부산물들과 신체적인 피로를 못 본 척하면서까지 말이다. 나는 앞을 보며 달릴 줄만 알았고, 그 속도와 거리가 나를 더 나은 곳으로 데려가준다고 굳게 믿어왔다. 마치 신화나 종교처럼.

그런데 정신을 차려보니 나는 아주 사소한 일을 처리하는 것조차 버거운 현실을 살고 있었고, 한 치 앞의 미래도 생각하지 않게 되었다. 목표나 꿈은커녕 얼른 침대로 가고 싶다는 생각을 하기에 바빴다. 침대에 누워 넷플릭스나 유튜브를 보다 기절하듯 잠들어 다시는 깨어나고 싶지 않다, 뭐 그런 생각들. 분리수거를 하거나 밀린 설거지를 하는 일, 빨래를 하는 일이 언제부터인가 너무나도 거대한 산처럼 느껴지게 되었다.

얼마 전 뮤지션이자 작가인 요조님이 자신의 책《여자로 살아가는 우리들에게》에 이런 나의 모습을 너무나도 적확하게 표현해놓은 것을 보았다.

> 엄청 나태하면서 동시에 무섭게 성실한 이상한 사람이다, (…) 박상영 작가님이 다니던 헬스클럽 관장님은 아마 박상영 작가님을 은연중에 되게 게으른 사람이라고 생각하고 있을지도 모르겠다는 생각. 3년이 넘도록 새벽부터 일어나 글을 써서 소설책까지 내는 누구보다 성실한 사람인데 헬스클럽 관장님이 과연 그 사실을 아실까?

에세이집 원고 정리를 위해 2016년부터 지금까지 썼던 원고를 모두 다 꺼내보았다. 앞서 낸 두 권의 소설집 말고도 책을 두 권 정도 더 묶을 수 있는 분량의 원고가 모여 있었다. 그러니까 사실 나는 지난 3년의 시간 동안 네 권의 책을 쓴 것이었다. 뿌듯하다기보다 괜히 징글징글한 기분이 들었다.

지난 3년 동안 내가 써놓은 글들을 한 편 한 편 읽으며 몹시 부끄러웠다. 글은 마음의 거울이라던데 내 글 속에는 쓸데없이 불평이 많고 불필요하게 위악적이며 초 단위로 감정 기복을 반복하는 못난 사람이 있었다.

그 어느 순간에도 현실에 만족하지 못하는 사람. 항상 현실이 아닌 과거의 어느 시점이나, 미래의 어느 시점만을 생각하고 사는 그런 사람. 맨몸으로 거울 앞에 선 것처럼 괴로웠지만 그럼에도 불구하고 나는 그 글들을 하나씩 꺼내 고치기 시작했다. 고쳐야만 했다. 그게 내가 할 수 있는 전부이며, 내 밥벌이이니까.

추운 계절 탓인지 한동안 또 심하게 울증을 앓았다. 아무리 몸을 혹사해도 세 시간 이상 자기 힘들었고, 중간중간 잠에서 깨어났다. 일과 중에는 꾸벅꾸벅 졸기 일쑤였고 하루 종일 멍한 경우가 많았다.

심지어는 비싼 돈을 주고 보러 간 뮤지컬 공연장에서조차 까무룩 잠이 들어버렸다(내가 좋아하는 배우가 나오며, 신나는 록 넘버 위주인 떠들썩한 공연임이었음에도). 공연이 끝났을 때 친구는 내가 좌석에 잠들어 있는 사진을 보여주며 넌 공연비를 낸 게 아니라 숙박비를 내고 온 거나 다름없다고 했다.

공연장을 나와 식사를 하며 친구에게 이런 내 상황을, 견딜 수 없는 마음의 상태를 슬쩍 털어놓았더니, 친구는 사려 깊은 말투로 내게 말해주었다.

"그래도 넌 네가 하고 싶은 일이 무엇인지 알고, 그 꿈을 이뤘잖아. 심지어 그걸로 먹고살기까지 하고. 그건 정말 운이 좋은 일이야."

"맞아, 나는… 정말 운이 좋은 사람이야."

이렇게 대답을 하기는 했지만 실은 큰 위로가 되지는 않았다. 머리로는 너무나 잘 알겠는데 이상하게 자꾸만 감정이 미끄러져 내려갔다. 때때로 나는 누구보다도 최선을 다해서 일했고, 어떤 순간은 나 자신이 혐오스러울 정도로 게을렀지만 마음속은 언제나 전쟁터처럼 치열했다. 멀쩡히 계단을 오르다가도 몇 번이고 숨을 골랐고, SNS를 하다가 갑자기 분노가 치밀어 올라 손이 떨리기도 했다. 그럴 일도 아닌데 자주 짜증을 냈고, 술을 마셔도 도통 잠이 오지 않았다. 그렇게 잠들지 못한 새벽에는 이유 없이 서러운 기분이 들었고 개연성 없는 눈물이 쏟아지기도 했다.

병원에서 약물치료와 상담치료를 병행해도 크게 나아지지 않았다. 지난 1년간 먹어야 하는 약의 양은 더 늘었고, 몸무게는 여전히 제자리였으며, 상담을 받을 때면 잠깐 힘을 낼 수 있었으나 혼자 남겨지는 순간에는 더없이 공허했다. 매일 밤 어김없이 배달 음식을 시키고 그것에 의존하는 내 모습을 보며 얼마간은 혐오를 하고 또 얼마간은 이제 편하게 잠들 수 있겠다는 안도감을 느끼곤 했다.

이 에세이를 쓰고 연재한 후로, 나에게 부쩍 자신의 어려움을 고백해 오는 친구들이 많아졌다. 생각보다 더 많은 내 또래의 친구들이 나처럼 정신적 문제를 겪고 있으며, 더러는 약을 먹으며 버티고 있다는 사실을 털어놓곤 했다. 현실을 살아가는 우리 모두가 실체를 알 수 없는 공허와 싸우고 있다는 생각이 들었다.

더불어 요즘 나에게 퇴사 고민을 털어놓는 친구들도

많이 늘었다. 악독한 상사와 엉망인 사내 문화, 매일 야근이 이어지며 주말조차 반납해야 하는 격무, 비전이 없는 산업…. 저마다 합당한 퇴사의 사유가 있고 나는 그들의 마음이 너무나도 이해된다. 왜 아니겠는가. 아무리 좋은 조건이라도 회사는 회사다. 회사살이가 개집살이라는 것은 지난 몇 년 동안 내가 온몸을 다해 체득한 유일한 진리였다. 나 역시 회사에 다닐 때는 목 디스크가 심해져 점심시간마다 무통 주사를 맞으러 다니곤 했으며, 오후 3시만 되면 원인 모를 두통과 미열이 찾아와 몸살기까지 느끼곤 했다. 퇴사한 지 1년이 지난 지금도 회사 쪽으로는 침도 안 뱉는 나다. 그러나 친구들이 원하는 대답(당장 때려치워)을 속 시원히 해주지는 못한다. 나만 해도 회사를 다닐 때는 퇴사만 하면 행복의 비단길이 펼쳐질 것이라 믿었지만, 정작 회사를 뛰쳐나와서 더 나아진 것은 별로 없기 때문이다. 회사에서 받던 봉급에 준하는 돈을 벌기 위해서는 그에 비견하는 노동량과 만만찮은 스트레스를 견뎌야 하며 돈은 어떤 방식으로든 인간을 비참하게 만들기 마련이다.

통장 잔고가 바닥났음에도 침대에서 몸을 일으키지 못했던 어느 우울한 날, 나는 마치 관에 들어와 있는 듯한 기분에 사로잡혔다. 인정하기는 싫지만 회사 생활이 아주 조금 그리워지기도 했다. 그리고 (모두가 이토록 치를 떠는데도 불구하고) 기업과 노동이라는 시스템이 왜 이토록 오랫동안 존속되고 있는지 생각해보게 되었다. 아침 일찍 출근해서 싫은 사람들과 부대끼면서 억지로 만들어지는 루틴이 때로는 인간을 구원하기도 한다. 싫은 사람일지언정 그가 주는 어떤 스트레스가 긍정적인 자극이 되어주기도 하며, 한 줌의 월급은 지푸라기처럼 날아가버릴 수 있는 생의 감각을 현실에 묶어놓기도 한다. 밥벌이는 참 더럽고 치사하지만, 인간에게, 모든 생명에게 먹고사는 문제만큼 중요한 것은 없다. 생이라는 명제 앞에서 우리 모두는 저마다의 바위를 짊어진 시시포스일 수밖에 없다.

때문에 나는 이제 더 이상 거창한 꿈과 목표를, 희망을 생각하지 않기로 했다. 내 삶이 어떤 목표를 위해 나아가는 '과정'이 아니라 내가 감각하고 있는 현실의 연속이라 여기기로 했다. 현실이 현실을 살게 하고, 하루가 또 하루를 버티게 만들기도 한다. 설사 오늘 밤도 굶고 자지는 못할지언정, 그런다고 해서 나 자신을 가혹하게 몰아붙이는 일은 이제 그만두려 한다. 다만 내게 주어진 하루를 그저 하루만큼 온전히 살아냈다는 사실에 감사하기로 했다. 그런 의미에서 나와 같이 하루를 살아가고 있는 당신, 어떤 방식으로든 지금 이 순간을 버티고 있는 당신은 누가 뭐라 해도 위대하며 박수받아 마땅한 존재이다. 비록 오늘 밤 굶고 자는 데 실패해도 말이다.

작가의 말

그래도

오늘 밤은

굶고

자야지.

오늘 밤은 굶고 자야지

초판 1쇄 발행 2020년 3월 16일
초판 3쇄 발행 2020년 7월 20일

지은이 박상영
그린이 윤수훈
펴낸이 이상훈
편집인 김수영
본부장 정진항
문학팀 김준섭 정선재 김수아
마케팅 천용호 조재성 박신영 조은별 노유리
경영지원 정혜진 이송이

펴낸곳 한겨레출판㈜ www.hanibook.co.kr
등록 2006년 1월 4일 제313-2006-00003호
주소 서울시 마포구 창전로 70(신수동) 화수목빌딩 5층
전화 02) 6383-1602~3 팩스 02) 6383-1610
대표메일 munhak@hanibook.co.kr

ISBN 979-11-6040-364-0 03810

이 도서의 국립중앙도서관 출판예정도서목록(CIP)은 서지정보유통지원시스템 홈페이지(http://seoji.nl.go.kr)와 국가자료종합목록 구축시스템(http://kolis-net.nl.go.kr)에서 이용하실 수 있습니다. (CIP제어번호: CIP2020007574)